Sonya
ソーニャ文庫

王様の鳥籠

桜井さくや

JN132277

イースト・プレス

contents

序章

——そこは広大な王宮内の一室だった。

毎日さまざまな目的で多くの人々が訪れる王宮は、日中だけでなく夜もそれなりに賑《にぎ》やかだ。

「……は、ぁ…っ、っくぅ…、ひ…あ……っ」

けれど、ここには人々の声はまるで届かない。

激しい束縛と狂おしいほどの快感。

朝も晩もなく繰り返される獣のような交接。

特別な者だけが足を踏み入れることのできるこの場所で何が起こっているのか、皆、気づきはしない。ここに一人の娘が捕らわれていることなど、ほとんどの者は知る由《よし》もなかった。

「ンぅ…、ん、ひぁ…んッ」

これが日常となってから、もうどれほど時が経っただろう。

リーナは震える手で窓枠を摑み、必死で快楽に堪える。

着衣のまま窓際で後ろから何度も突かれ、卑猥《ひわい》な水音が部屋中に響いていたが、耳を塞《ふさ》ぐ余裕はどこにもない。とうに堕ちた身体は易々《やすやす》と『彼』を受け入れ、いやらしい蜜が幾筋にもなって太股《ふともも》を伝っていた。

――私は、どうして彼とこんなことをしているのだろう……。

何もわからない。誰も答えてはくれない。

『彼』に聞いたところで、まともな答えが返ってきたことは一度もなかった。

開けっ放しの窓から外を見上げると、一羽の鷹《たか》が悠然《ゆうぜん》と大空を飛んでいた。

今のリーナは、それを羨望の眼差しで見つめることしかできない。どんなに手を伸ばしても決して届かない自由そのものだった。

「っん…、っふ、ンッ、んん…ぅ」

「なんだ。声を我慢しているのか?」

「あ…ッ、んぅ…っ、んっんっ」

「つまらないことはやめろ。もっと、いつものように啼《な》け」

「ひぁ…ッ、や…っぁ、あっあっ、あぁ…あ……ッ」

「そうだ、もっと啼け」

「いっ、ああっ、あぁぁあ……っ」

耳元で囁《ささや》かれる低い声はいつもながらほとんど抑揚《よくよう》がない。

激しい腰使いで責め立てられ、リーナは思わず口元に当てていた手を外してしまう。

自分の声が誰の耳にも届かないことはわかっていたが、外に向かって嬌声を上げることにこの上なく羞恥《しゅうち》が募《つの》った。

「……リーナ、おまえを捕まえたのはこの私だ」

「っぁ、あっあっ、あぁ…あ……ッ」

「ここは鳥籠だ、出口のない檻《おり》だ。決して忘れるな。おまえは、もう二度と飛び立つことはできない」

「あっあっ、ひぁあ…っ、あぁあ…っ、あぁああ……っ！」

今にも達しそうな自分とは違って、彼のほうはさほど息が上がっていない。

最奥を突かれて、リーナは喉《のど》をひくつかせる。

首筋に唇を押しつけられると、チリッとした痛みが走って赤い痕《あと》が肌に散ったが、それさえすぐに快感へと変わってしまう。

呑み込まれる。とても逃げられない。

骨が軋《きし》むほど抱き締められ、お腹の奥がわなないた。

身体の中心を激しく行き交う刺激で目の前が白《しら》んでいく。

自分が本当に籠の中の鳥になったような錯覚を覚えながら、リーナは呆気《あっけ》なく絶頂の波に呑み込まれていった。

「あぁ、ああ…ッ、あぁぁああ――…ッ」

「――…ッ」

なんて簡単な身体だろう。

リーナは涙を零してがくがくと脚を震わせる。

これほど容易く達しておいて、恥ずかしいも何もない。

力が入らなくなって窓枠に身を預けようとしたが、うまくいかずに床に崩《くず》れ落ちそうになったところで彼に抱き留められた。

彼は深く息をつくと、繋《つな》げた身体をゆっくり離す。そのままリーナを横抱きにしてベッドまで運び、力の抜けた身体を横たえた。

「……っは、……あ……」

リーナは肩で息をしながら、彼を見上げた。

濡れ光る碧眼。艶《つや》やかな漆黒の髪。

僅《わず》かな息の乱れで胸元が動き、彼の長い髪がサラサラと肩から零れ落ちていく。

現実離れした美貌に背筋がざわめき、目を逸《そ》らすことさえできなくなる。

徐々に顔が近づき、唇を塞がれてくぐもった声を漏《も》らすと、彼はリーナの脚を広げて濡れそぼった中心を再び貫いた。

「んっ、あぁぅ…ッ!?」

彼のほうは果てていなかったのだろう。先ほど以上に猛《たけ》ったもので貫かれ、リーナは反射的に身を捩《よじ》った。

　達したばかりで敏感になっていたから、刺激が強すぎて目の前がチカチカする。

　しかし、弱々しい抵抗は無視され、腰を摑まれて強引に引き戻されてしまう。蠢《うごめ》く内壁の動きを確かめるように掻き回して抽送がはじまった。

「あ…あぁ…、待っ…、……ひ…、あぁ、あ……」

　せめて、あと少しだけ待って……。

　口にしかけた言葉は、途中からか細い喘《あえ》ぎ声に変わっていた。

　奥を突かれるたびにリーナの身体もベッドで跳ね、断続的に嬌声が上がる。

　彼はその様子を無言で見つめながら腰を前後させていたが、やがて思い出したようにリーナのドレスを脱がして自身の服も脱いでいく。

　その間も、二人の間には少しの会話もない。

　愛撫はされるが、甘やかな雰囲気なんてどこにもなかった。

　気を失うまで抱かれて、目が覚めれば同じことが繰り返される。

　一日の大半を彼の腕の中で過ごし、行き着く先に何があるというのか……。

「……フェ…ネクス……」

　わからない。もうずっと混乱し続けていた。

　リーナは激しく揺さぶられながら、窓のほうに目を移す。

　大空を飛ぶ鷹の姿を目で追っていると、自然と頰に涙が伝っていく。

彼とはこんなふうになりたくなかった。
何かの間違いだと思いたかった。
彼――フェネクスは、リーナのたった一人の友達だった。
少なくとも、自分はそうだと思っていた。
ここで彼と再会した『あの日』までは、そう信じて疑わなかった――。

第一章

——あれは、五年前の夏の出来事だった。

リーナはそのとき十三歳。伯爵家であるスワイヤー家の一人娘として、小高い丘の上の屋敷で暮らしていた。

周囲はほかに建物もなく、屋敷の近くにあるのは森くらいだ。

そんな場所だったからか、父はリーナが無闇に歩き回っては迷子になると心配だったのだろう。幼い頃より屋敷の敷地から勝手に出てはいけないと言い聞かせ、リーナのほうも父の言いつけをきちんと守ってきた。

ところが、リーナはその日、はじめて父の許しがないまま屋敷を抜け出していた。いけないことだとわかっていたけれど、父は数日前から家を留守にしていてすぐには戻らない。やむにやまれぬ事情により、リーナは護衛役のバルカンに頼み込んで、彼と近くの森まで出かけていたのだ。

「――……ナさま、リーナさま、あまり急いで歩いてはいけません。転んで怪我《けが》をされたら大変です」

「あ、ごめんなさい、バルカン。早く用事を済ませようと思ってつい……。怪我なんてしたら、お父さまに外出がばれてしまうものね。あなたには無理を言って一緒に来てもらったのに迷惑がかかってしまうわ」

「いいえ、俺のことはどうでもいいんです。旦那さまに叱られるのは慣れてますし」

「そんなのだめよっ、バルカンには絶対迷惑をかけないわ！」

「……なんなら、俺が代わりに用事を済ませますが」

「え…、それはもっとだめよ。やっぱり、これは私が責任を持ってやるべきことだと思うから……」

「そうですか……」

　バルカンは頭を掻《か》いてため息をつく。

　彼はリーナがどうしてもとお願いしたからついてきてくれたが、本心では気が進まなかったのだろう。父の不在中に何かがあっては困ると危惧するだけでなく、リーナのことを本気で心配してくれているのは彼を見ればわかることだった。

「バルカン、我がままを言ってごめんなさい。すぐに終わらせるから。籠も持ってきたし準備は万端《ばんたん》よ」

「……でもそれって虫籠じゃ……」

「そうよ、虫を獲るために来たんだもの」

「そ…、そう…ですね……」

リーナが屋敷から持ってきた虫籠を見せると、バルカンはぎこちなく頷《うなず》く。

この籠に問題でもあるのだろうか。

小さく首を傾げると、彼は諦《あきら》め顔で「なんでもないです」と答え、足下を確かめながら歩きはじめる。

どうやら、先導してくれるみたいだ。

協力してくれるとわかって、リーナは笑顔でバルカンのあとに続いた。

ところが、

「——何かしら？」

それから程なくしてのことだった。

リーナは歩きながら周囲をきょろきょろと見回す。

先ほどまで気づかなかったが、妙に森が騒がしいのだ。

あちらこちらでさまざまな鳥の鳴き声が響き、それに反応して飛び立つ羽音がやけに耳につく。すぐ近くの大木からも小鳥が飛び立ち、何げなく顔を上げると、森の上空では驚くほどたくさんの鳥が飛び回っていた。

「……鳥たちの様子が変ですね」

その様子にバルカンも気づいたらしい。

彼はその場で足を止めると、空を見上げて眉を寄せていた。

「何かあったのかしら」

「天敵にでも遭遇《そうぐう》したんでしょうか」

「天敵って？」

「大きな獣……、猛禽類《もうきんるい》から逃げているとか」

「……もうきんるい……っていうのが怖くて逃げているの？　それにしては警戒した鳴き声とは違うみたいだけど」

「わかるんですか？」

「それくらいわかるわ。――あ、バルカン、見て。向こうのほうに集まってるわ」

「え？」

屋敷からほとんど出たことがなくても、鳥の声は毎日聞いている。

注意深く聞いていれば、それがどんな感情なのか伝わってくるものだ。

リーナが指差した上空には、鳥たちが多く集まっていた。

この状況を説明しろと言われても難しいけれど、少なくともあの辺りに何かがありそうだった。

「バルカン、私たちも行ってみましょう」

「リーナさま!?」

「大丈夫、危険を報《しら》せている感じではないもの。少し見てみるだけ、本当にそれだけだから！」

「あ、待ってください！　リーナさま……ッ！」

リーナが歩き出すと、バルカンも慌てて追いかけてくる。

このとき、どうして目的を後回しにしてまで見にいこうと思ったのかは自分でもよくわからない。

ただすごく気になったのだ。

あの鳥たちが何を見ているのか、何がそんなに気になるのか。

何度も空の様子を確かめているうちに、リーナはどんどん早歩きになっていく。

——この辺りかしら……。

それから少しして辿《たど》り着いた場所には小さな沢が流れていた。

リーナは周囲をぐるっと見回し、ハッと息を呑んだ。

沢の傍の岩場で横たわる人の姿に気づいたからだった。

「バルカン！　あそこ…っ、人が倒れてるわ……ッ！」

「え…っ!?」

咄嗟《とっさ》に叫ぶと、追いかけて来たバルカンも足を止める。

リーナの指差すほうに目を凝《こ》らし、仰向けに横たわる人の姿を目にした途端、彼の顔はみるみる蒼白になった。

「なんだってあんなところに子供が……っ」

岩場で横たわっているのが子供かどうかはわからないが、バルカンにはそう見えたのだろう。

「えっ、そんな……っ」

「ええ、わかってます。危ないですから、リーナさまはここにいてください！」

「バルカン、助けましょう！」

彼は取るものも取りあえずといった様子で岩場へ走り出す。

その勢いにつられてリーナもあとを追う。

待っているように言われたが、とてもじっとしていられなかった。

「おいっ、どうしたんだ！　大丈夫か!?」

バルカンは岩場にのると、横たわる身体を激しく揺さぶる。

しかし、いくら呼んでもなんの反応もない。華奢《きゃしゃ》な身体が揺れる様子は人形のようで今にも壊れてしまいそうだった。

「バルカン、もっと優しくしてあげて。そんなに乱暴に揺さぶってはかわいそうだわ」

「ですが……っ、……って、リーナさま!?　どうして追いかけてきたんですか！」

「おっ、怒るのはあとにして……っ。それより、この子、どうしてしまったの？　大丈夫……よね……？」

固く閉じた瞼《まぶた》。

艶やかな長い黒髪に真っ白な肌。

一瞬、女の子かと思ったが、服装からすると男の子なのだろう。

年齢はリーナとさほど変わらないように見える。バルカンは子供だと言っていたが、二十代半ばの彼から見ればそうかもしれなかった。

「……う……」

「……ッ！」

そのとき、掠《かす》れた声と共に少年の唇が微《かす》かに震えた。

リーナとバルカンは息を呑み、少年の顔を覗《のぞ》き込む。

小さな呼吸音。僅かに上下する胸元。

よかった。生きている。そう密かに安堵していると、長い睫毛《まつげ》がふるふると震え、ゆっくりと瞼が開かれた。

――綺麗な青い…瞳……。

まるでサファイアのような美しい双眸《そうぼう》に、思わずドキッとしてしまう。

こんな状況なのに頬にかかった黒髪にさえ目を奪われて、声をかけるのも忘れてしまっていた。

「……誰だ？」

すると、少年は訝《いぶか》しげに眉を寄せた。

思いのほか低い声だ。本当に男の子だったのか。

リーナはハッと我に返り、少し顔が近すぎたと距離をとった。

「わ、私はリーナよ。彼はバルカンというの。あなたは？　こんなところで何をしていたの？」

「……」

まだ状況が理解できていないのだろう。

矢継ぎ早に問いかけるも、彼は何も答えない。

ややあって、彼は自分を抱える腕に気づいたらしく、ふとバルカンに目を移すと肩をビクつかせる。あまりにも強面《こわもて》で驚いたのか、咄嗟に身を捩って太い腕から逃れようとしていた。

「……ぐ……ッ!?」

ところが、その直後、彼は低い呻《うめ》きを上げて苦悶《くもん》の表情を浮かべる。

リーナはそこではじめて異変に気づき、改めてその姿をじっと見つめた。

彼は仕立てのいい服を着てはいるが、ところどころ汚れていて靴を履《は》いていない。よく見ると足首が少し腫《は》れているので、くじいたのだろう。森に迷い込んで彷徨《さまよ》っているうちに転んだのかもしれなかった。

「バルカン、彼を屋敷まで運んでほしいのだけど」

「で、ですが、リーナさま」

「だって、足を怪我してるのよ。このままでは動けなくて死んでしまうわ」

「それはそうですが……」

「大丈夫よ、今日はまだお父さまも戻らないはずだもの。皆にも黙っていてもらうようにちゃんとお願いするわ。だからお願い、バルカン……」

「……、……わかり…ました」

はじめは渋っていたバルカンだが、リーナのお願いには弱いらしい。諦めた様子で少年の背中に腕を回そうとした。

「何をするッ、誰が触れていいと言った……っ!?」

だが、その腕を少年は激しく拒絶する。

バルカンの胸をドンッと叩き、まるで毛を逆立てた猫のように強い警戒心をあらわにした。

「どうしたの？　バルカンが何かした……？　彼は悪い人じゃないわ」

「そんなことはどうでもいい。見ず知らずの者など放っておけばいいだろう。私は手を貸してほしいなどと言った覚えはない」

「あ、動いちゃだめよ。また足が痛くなってしまうわ」

「こんな痛み…——、っく……ッ」

「あぁ、言ったそばから……。そんな状態で置いていけるわけないでしょう？　私たちを信じて。絶対悪いようにはしないわ」

「……っ」

リーナが顔を覗き込むと、少年は唇をぐっと引き結ぶ。

少し待ってみたが、彼の態度は頑《かたく》なだ。

事情はよくわからないけれど、やはり強引に出るしかなさそうだ。

「バルカン、お願い」

「わかりました」

「な…っ!?」

リーナに言われて、バルカンは素早く少年を抱き上げた。

いきなり身体が宙に浮き、少年は面食らった様子で身を捩った。

「放…、……っ」

しかし、僅かに動かしただけでも足が痛むのか、低く呻いて華奢な肩を震わせる。

少年はそれでようやく観念したのだろう。諦めた様子で急に大人しくなったのを見て、リーナたちは急いで屋敷へと駆け戻ったのだった。

❀　❀　❀

「――ね、あなたのお名前は？　森には一人で来たの？　それとも途中で誰かとはぐれてしまったとか？」

「……」

その後、リーナは屋敷に戻って早々に少年の怪我の手当てを済ませていた。

屋敷から森まではさほど離れておらず、多少奥まった場所だったとはいえ、少年を抱えて戻っても三十分とかからなかった。

けれど、少年はあれきり一言も話してくれない。

足の腫れは捻挫《ねんざ》によるもので、そこまで酷《ひど》くはなさそうだったが、怪我の手当てをしている間も誰とも目を合わせようとしなかった。

——強引に連れ帰ったのが、そんなに嫌だったのかしら……？

リーナは小さく息をつき、少年の様子をじっと見つめる。

今は手当てが終わって屋敷の客間で休んでもらっているが、少年はソファに座ったまま身じろぎもしない。リーナはそんな彼の前に座って先ほどからあれこれ問いかけていたが、人形に話しかけている気分になるくらい反応がなかった。

「リーナさま、そういえば、例の怪我をした鳥の餌《えさ》はどうしましょう？」

そのとき、部屋の隅で様子を見ていたバルカンがふと問いかけてくる。

「え…、鳥……？」

リーナは一瞬なんの話かわからず呆《ほう》けていたが、すぐにハッと思い出して慌てて立ち上がった。

「大変…ッ！　すっかり忘れていたわ！」

「でしたら、これから俺が確保してきましょうか」

「そ、そんなの悪いわ」

「いえ、今からだと戻るのは夕方になりそうですし、さすがにリーナさまを連れて行くわけにはいきません」

「だけど……っ」

「俺のことなら心配無用です。なるべく早く戻りますので、リーナさまはご自分の部屋に戻って休んでいてください。そっちの彼も、ずっと観察されていてはゆっくりできないでしょうから」

「か…、観察!? そんなつもりじゃ……っ」

バルカンに言われて、リーナは必要以上に動揺してしまう。

観察しているつもりはなかったが、そう言われても仕方ないくらい見ていた自覚はあった。

ちらっと少年を見ると、彼もリーナに目を向ける。

先ほどまで身じろぎ一つしなかったから、目が合っただけで驚いてしまった。

「では、俺はここで失礼します」

「……あ、バルカン。ごめんなさい、ありがとう……っ」

「いえ…、気にしないでください」

バルカンは小さく答え、少年のほうに視線を移す。しかし、それ以上何も言うことなく、軽く頭を下げると部屋を出て行った。

途端に室内が静かになり、リーナはそわそわしはじめる。

いきなり二人きりになってしまったが、どうすればいいだろう。

バルカンには部屋に戻るように言われたけれど、もう少しここにいたい気もする。

とはいえ、何を聞いても反応してくれない彼とどうやって話のきっかけを作ればいいのかわからなかった。

「……ここには、鳥がいるのか？」

「え…ッ？」

あれこれ頭を悩ませていると、突然彼のほうから声をかけてきた。

予想外のことに目を丸くするリーナを横目に、彼は扉のほうを指差した。

「今出て行った男がそう言っていた。怪我をした鳥の餌がどうとか」

「あ…、え、えぇ、そうなの。昨日、屋敷の庭に怪我をした鳥が迷い込んできて保護したの。バルカンが言うには鷹の子供だろうって」

「鷹の子供……」

「実はね、今日はその子の餌をとるために森に出かけていたの。自分が保護したのだから、食事の世話もしなくちゃと思って……。結局、人任せになってしまったけれど」

「……そう…だったのか」

リーナの話に、彼はやや驚いた顔で受け答えしていた。

気のせいか、その様子は先ほどまでと違う。まっすぐにこちらを見て、明らかに興味を持っているのが伝わってきた。

「ちょっとだけ、見てみる？　裏庭の小屋にいるのよ」

「いいのか？」

「もちろんよ。……あ…、でもあなたも怪我をしてたんだわ。どうしよう、バルカンは森に出かけてしまったし、私じゃあなたを抱っこすることは……」

「いや、ゆっくりなら一人で歩ける。休ませてもらったお陰で、先ほどよりずいぶん痛みが引いた」

「本当に？　じゃあ…、せめて私の腕に摑まっていて」

「……わかった」

会話のきっかけというのは思わぬところにあるものだ。

リーナは嬉しくなって笑顔で自分の手を差し出す。

彼は僅かに躊躇《ためら》う様子を見せたが、すぐにその手を摑んで立ち上がる。

たったそれだけのことなのに頼られている気分になり、リーナは裏庭に向かうまでずっと口元が緩《ゆる》みっぱなしだった。


「――ここよ。この小屋で保護してるの」

それから少しして、リーナたちは目的の小屋へとやってきた。

この小屋は普段あまり使うことがなく、中にはそれほど物が置かれていなかった。

居心地がいいかどうかはともかくとして、ほかに打って付けの場所もない。薪用《まき》の木を並べてみただけだったが、今朝、鷹の様子を見に来たときには比較的落ち着いているようだった。

「大きな声は出さないでね。びっくりしてしまうから」

ひそひそ声で話しながら、リーナはそっと扉を開ける。

ギ…と、扉が軋む音が小さく響き、彼の腕を引いて小屋に足を踏み入れた。

鷹は薪用の木の上にいたが、気配にとても敏感らしく、扉を開けたときにはじっとこちらを見ていた。

「あそこよ、わかる？　薪の上にいるの」

「あぁ…」

リーナが耳打ちをすると、彼は掠れた声で頷く。

食い入るように鷹を見つめ、なぜかほっと息をついていた。

「……ピィ」

と、そのとき鷹がか細く声を上げる。

はじめて聞いたが、思いのほか声が幼い。見た目は大きいけれど、まだ子供だと実感できるかわいい声だった。

「ところで、あの鷹はどこを怪我しているんだ？」

「それがね、よくわからないの。血が出ているわけではないし、見た目はなんともなさそうなのだけど。私が見つけたときは飛ぶのを躊躇っている感じだったから、どこか痛いのかと思って……」

「……そうか。なら、上手に飛べずに失敗しただけかもしれないな」

「あ…、ということは、バランスを崩して木から落ちてしまったとか？　それで少し怖くなってしまったとか」

「まだ子供の鷹のようだから、そういうこともあるだろう」

「そう…、そうだったのね。よかった……っ」

「あぁ」

彼の話に感心して、リーナは鷹を見つめた。

鳥が空を飛ぶのに失敗するなんて考えもしなかったけれど、先ほどのかわいらしい声を思い出すと納得してしまう。上手に飛べなくて落ち込んでいたと想像しただけで微笑ましい気持ちになった。

「……一つ、頼み事をしてもいいだろうか？」

ややあって、少年は鷹を見つめながらぽつりと言う。

きょとんとしてその横顔を見ると、彼はおもむろにリーナに目を向けた。

「二、三日…、いや、今日だけでいい。私をここに泊めてもらえないだろうか？」

「ここ…に？」

「だめか？」

「あ…、う、ううん。そんなことないわ。一晩くらいなら平気だけど……」

思わぬお願いにリーナは驚きを隠せない。

まさか彼のほうから言ってくるとは思わなかった。

もちろん、リーナだって歩くのがやっとの彼を放り出すつもりはない。馬車を用意するにしても今からでは暗くなってしまうだろうし、はじめからそのつもりでいたのだ。

――お父さまが知ったら怒るかもしれないけど……。

使用人たちには父に黙っていてもらうようにお願いしてみるが、もしもばれたとしてもそのときは潔《いさぎよ》く怒られよう。

しかし、そう思う一方でリーナにも若干の引っかかりがあった。

「だけど、その代わりに一つ教えてくれる？」

「……なんだ？」

「あなたの名前…、なんて言うの？」

こちらは自己紹介したのに、彼のことは何も知らないままだ。

はじめは強引に連れて来られて怒っていたのだろうが、今はもう機嫌が直ったようだし、それくらいは教えてほしかった。

「……、……シュトリ……」

「シュトリ？」

「あぁ…、シュトリだ」

「そう、シュトリ…、シュトリって言うのね……」

なんだか、かわいらしい響きだ。

リーナは自分の口の中で何度も「シュトリ、シュトリ」と繰り返す。

彼の見た目から花のように可憐な名前を勝手に想像していたが、これはこれで素敵かもしれない。

「シュトリって、とってもいい名前ね」

満面に笑みを浮かべると、彼――シュトリは微かに目を細めた。

心なしか、その口元が優しく綻《ほころ》んだようで、リーナはくすぐったい気持ちになる。

そのとき、鷹がまた「ピィ」と小さく鳴く。それを見つめるシュトリの眼差しは驚くほど穏やかで、それがやけに印象的だった。

❀　❀　❀

その後、リーナとシュトリは屋敷に戻り、彼のために用意した客間でずっと一緒に過ごしていた。

夕食も二人分を客間まで運んでもらって、つい先ほど済ませたところだ。

気づけば、窓の向こうはすっかり暗くなっていたが、バルカンはまだ森から戻っていない。せめてバルカンが戻るまではと理由をつけて、リーナはなかなか自分の部屋に戻ろうとしなかった。

この屋敷の近くにはほかには目立った建物がない。

そうなると、人と関わる機会も限られてしまう。

リーナは大人ばかりの中で育ち、同じくらいの年齢の子と過ごしたことがなかった。

シュトリはとても口べたで、あれこれ話しかけるのはリーナばかりだったが、それでも楽しくて仕方なかったのだ。

「ねぇシュトリは知ってる？　この国では多くの貴族が鷹を飼っているんですって」

「……一応」

「すごいわ、シュトリは物知りなのね。私はあの鷹の子供を保護したときにバルカンに教えてもらってはじめて知ったのよ。うちも貴族なのに、ここには馬しかいなくて……」

「バルカン…、あの大男か」

「ええ、彼もすごく物知りなの。以前はお父さまのお仕事の手伝いをしていて、いくつもの国を行き来していたみたい。今はお父さまに頼まれて、私の護衛をしてくれているの。誰にも負けないくらい腕っぷしが強いんですって」

「そうなのか」

普段、リーナはこんなにおしゃべりではないのだが、今日はずっとこんな感じだった。

それでも、なんとなく会話が成立しているのはシュトリがそれなりに相槌《あいづち》を打ってくれているからだろう。話を聞いてくれているのがわかるからこそ、リーナのほうも余計に止まらなくなっていた。

「お父さまはね、とても忙しい人なの。一か月の半分も屋敷にいればいいくらいで、いつもあちこちを駆け回ってるのよ。会いたいっていう人はたくさんいるけど、なかなか時間が取れないみたい」

「珍しいな。貴族は怠惰《たいだ》な者も多いと聞くが」

「ふふっ、お父さまは『商売』が生きがいなんですって。私たちの身の回りの生活用品はほとんどお父さまと仲間の人たちが手に入れたものだって、いつも嬉しそうに聞かせてくれるのよ。今はこの国の『商人』と呼ばれる人たちをまとめているみたい。若いときは貴族ではなかったのだけど、王様が功績を認めてくれたから伯爵になれたって言っていたわ」

「……王が……？」

「そうよ、王様がお父さまを貴族にしてくれたの。だから貴族の娘だったお母さまと結婚できたって……。お父さまは、お母さまのことがずっと好きだったみたい。お母さまはずっと昔に亡くなってしまって、私は顔も覚えていないのだけれど」

リーナにとって、父は自慢の存在だ。

屋敷からほとんど出たことない自分には、父が具体的にどんなことをしているか理解するのは難しいが、多くの人に必要とされているのはわかる。バルカンなんて、あんなに大柄で強面なのに、父を尊敬しすぎて話しかけられても返事をするのが精一杯になってしまうほどだった。

——不思議ね、シュトリにはなんでも話したくなってしまう。

リーナはソファに腰かける彼をちらっと見て、ほぅっと息をつく。

艶やかな黒髪に長い睫毛。

宝石のような碧眼、白い肌に映える赤い唇。

こうしていると、シュトリが男の子だということを忘れそうになる。凛とした佇《たたず》まいを見ているだけで、一方的に憧れのようなものを感じてしまっていた。

もっと仲良くなるにはどうしたらいいだろう。

本当は名前以外のことも、たくさん聞いてみたかった。

「あの…、シュトリ……、聞いてもいい？」

「なんだ」

抑揚のない声音は、沢辺の岩場にいたときとそれほど変わらない。

ただ、その身に纏《まと》う空気は、あのときよりずっと柔らかく感じる。

今なら少しは答えてくれるかもしれない。リーナは期待を込めて問いかけてみることにした。

「シュトリはどうしてあんな場所にいたの？」

「……」

「そ、そのっ、シュトリはどこかの貴族の子息だろうって、あなたを見た使用人の誰かがそんなことを言っていたの。それなのに、シュトリはほかに誰も連れていないようだったから、もしかすると、家出…とか……、何か深刻な事情があったのかもしれないって、あれこれ考えてしまって……」

「……あぁ、そういうことか……」

リーナがあれこれ説明を加えると、シュトリは小さく頷く。

そのまま口を閉ざしてしばし考え込んでいたが、ややあって彼は窓のほうに目を向けてぽつりと答えた。

「探しものをしていたのだ」

「探しもの？」

「それは、自分の力で見つけなければならないものだった。だから誰も連れずに出てきたが、気づかぬうちに見知らぬ森に足を踏み入れていたらしい。闇夜の中、一体どれだけ彷徨ったのか……、途中で足を滑《すべ》らせて崖下に落ちそうになり、咄嗟に摑んだ木の枝に救われたが、そのときに足をくじいたのだろう。なんとか這《は》い上がったときには思うように動けなくなっていた」

「そんな大変なことが……。じゃあ…、シュトリは昨夜からあの岩場に……？」

「……そうかもしれない。おまえたちが現れたときは、呆気ない最期があるものだと世を儚《はかな》んでいたところだった」

「え…っ!?」

淡々としたシュトリの言葉に、リーナは目を丸くする。

それはつまり死を覚悟していたということだろうか。

まさか、そんな答えが返ってくるとは思わなかった。

リーナは彼のような極限状態に陥《おちい》ったことはないけれど、自分の死をそんなふうに客観的に見ることはできそうになかった。

――コン、コン。

「……っ」

その直後、扉をノックする音が響き、リーナは弾かれたように顔を上げた。

振り向くと同時にカチャ…と扉が開く。姿を見せたのは、森に出かけていたはずのバルカンだった。

「リーナさま、まだ部屋に戻っていなかったんですか？」

「バルカン、いつ帰ってきたの？」

「ついさっきです。思ったより手間取って、遅くなってしまいました」

「そうだったの……。無事でよかった」

リーナがほっと息をつくと、バルカンも小さく頷く。

自分が一緒に行ったほうが迷惑だとわかっていても、申し訳ない気持ちでいっぱいになる。バルカンがヘマをするわけはなかったが、シュトリの話を聞いたあとでは森に対する認識がまるで違っていた。

「それより、いつまでここにいるつもりですか？　ほかの使用人から聞きましたが、夕食もこの部屋でとったそうですね。彼を裏庭まで連れ出したことも聞きました」

「そっ、それは……っ」

「……リーナさま、旦那さまに黙っていてほしいと言うなら、あまり聞き分けのないことをしないでください」

「わ…、わかったわ。ごめんなさい……」

リーナはこくこくと頷き、椅子から立ち上がった。

声は静かだが、怒っているのがわかる。そんなに悪いことをしている認識がなかったから驚きを隠せなかった。

「あ、でも…、バルカン、少しだけ待って」

「なんですか」

「シュトリがベッドに行くのを手伝いたいの。そうしたら部屋に戻るから……」

「シュトリ……？」

「彼の名よ。シュトリって言うの。――ね、シュトリ、ベッドに行きましょう。疲れてるのにごめんね」

「……あぁ」

リーナは眉を下げてシュトリに手を差し出す。

すると、彼はバルカンとリーナを交互に見て、差し出された手を摑んだ。

一応、状況を察してくれたのだろう。ソファから立ち上がるとベッドに向かい、シュトリはそのまま大人しく横になった。

けれども、仰向けで横になった姿を見た途端、リーナの胸がきゅっと痛くなる。

岩場で横たわっていた光景が頭を過《よぎ》り、無意識に彼の手を強く摑んでいた。

「戻らなくていいのか？」

「う、うん…、戻るわ……」

そう言いながらも、なかなか手を放せない。

扉のほうでバルカンが見ているのはわかっていたが、もう少しだけと後ろ髪を引かれてしまう。時間を引き延ばすように、頭の中で必死に話題を探した。

「シュトリ、えっと……」

「……なんだ？」

「その…、探しものは、どうしても一人で見つけなければだめ……？　よかったら私も手伝えないかと思って」

「……」

彼は、探しものが見つかったとは言っていなかった。

このままでは、また一人で無茶をしそうで不安が拭《ぬぐ》えない。

自分の力で見つけなければならないとは言っていたが、一人より二人のほうが早く探せるはずだ。危険だというなら、バルカンに同行を頼んでみるという手もある。また怒られるかもしれないが、ちゃんとお願いすれば聞いてくれるに違いなかった。

「……考えておく」

「ほ、本当？」

「あぁ、本当だ」

シュトリは頷き、リーナの手を軽く握り返す。

そして、ふと扉のほうに目を向け、僅かに首を傾げる。それが、『また怒られるぞ』と言っているようで思わず笑ってしまった。

「じゃあ、シュトリ、今夜はゆっくり眠ってね」

「……あぁ」

「また明日。おやすみなさい」

「……、……あぁ……」

リーナは立ち上がり、少しずつ離れていく。

その間にシュトリの瞼は静かに閉じられ、返事も小さくなっていった。

本当はとても疲れていたのだろう。扉まで来たときにはすぅすぅと寝息が聞こえてきて、リーナはほっと胸を撫《な》で下ろす。本音を言えばもう少し一緒にいたかったが、バルカンに怒られると思ってすぐに部屋を出た。

——今日だけと言わず、お父さまが戻るまでここにいても……。

自分の部屋に戻る間、リーナはそんなことばかりを考えていた。

バルカンに小言を言われたが、ちっとも頭に入ってこない。

シュトリとは、もっと仲良くなれる気がする。

いっそ、怪我が治るまでここにいられないだろうか。

父だって説明をすればわかってくれるはずだと、部屋に戻ってからも勝手な期待を膨《ふく》らませていた。

そのときのリーナは、はじめて友達ができそうで浮かれていたのだ。

ベッドに入っても目が冴えてしまい、明日はシュトリとどんな話をしようとそんなことばかり考えていたから、なかなか眠ることができなかった。

❀　❀　❀

――翌朝。

その日のリーナは、いつもの時間に侍女が起こしに来てくれても、しばらくベッドの中でもぞもぞしていた。

「まぁ、リーナさま、まだ寝ていたのですか？　すぐに起きるとおっしゃるから、着替えを後回しにしてほかの用事を済ませてきましたのに……。もう朝食の用意ができていますよ」

「ん…、もうそんな時間……？」

「リーナさまのお友達もとうに起きてらっしゃいますよ。足が痛むようですから、お食事は客間にお持ちいたしました」

「……お友…達……？」

「ええ、昨日お泊めした…――」

「あッ！」

「……ッ、ど、どうされたのですか？」

「う…、ううん、ごめんなさい」

侍女の言葉に、リーナは一気に目が覚める。

一晩寝てシュトリのことを忘れてしまったわけではなく、『友達』が誰のことかピンとこなかったのだ。

――友達…、周りからはそう見えるんだ……。

そう思ったら、勝手に顔が笑ってしまって元に戻らない。

リーナはベッドから下りると、ドレスを用意して待っている侍女のほうに向かう。

やけに上機嫌な様子に侍女は首を傾げていたが、リーナは着替えを手伝ってもらう間も頬が緩みっぱなしだった。頭の中はシュトリのことばかりで、早く食事を済ませるために着替えが済むとすぐに部屋をあとにした。

ところが、大食堂に向かう途中のことだった。

「――…年は十五歳。繊細な顔立ちなので性別を間違えられることがありますが、れっきとした男子です。服装はゆったりした白いシャツに濃紺のキュロット、革のブーツ……。髪色は黒く、肩甲骨辺りまでの長さがあり普段は後ろにまとめています。背は…、私の肩くらいだったかと……」

どこからか聞き覚えのない男の声がして、リーナはふと足を止めた。

誰だろうという疑問はあったが、それよりも気になったのは話の内容だ。

人を探していると思われる説明にまさかという思いを抱き、リーナは急いで玄関ホールに向かった。

——もしかして、シュトリを探しにきたんじゃ……。

人違いで済ませるには、当てはまるところが多すぎる。

わざわざ男子だと言わなければならないほどの繊細な容姿の子なんて、そうそういるとも思えない。リーナ自身、はじめてシュトリを見たときは、彼を女の子だと勘違いしそうになったのだ。

「あの…、ご本人かはわからないのですが、今の説明に該当しそうな少年に心当たりがあります」

「それは本当ですか！　どちらで見かけたか覚えておられますか!?」

「ええ、ちょうど昨日、近くの森で……」

「森!?　ど、どの辺りで……っ」

どうやら、応対しているのはバルカンのようだ。

バルカンの返答で相手の反応が急に感情的になったのがわかる。

──すごく大きな男の人、バルカンとそんなに背が変わらないわ……。

リーナは、そんな二人のやり取りを少し離れた柱の陰から見ていた。

直接話を聞くつもりだったが、男がやけに物騒な出で立ちをしていたから咄嗟に隠れてしまったのだ。

男はマントを羽織り、腰には剣を差して衛兵に似た恰好をしている。

シュトリとは似ていないので血の繋がりはなさそうだが、家族でないとしたら誰なのだろう。リーナは緊張で鼓動が速まるのを感じながら、玄関ホールにいる男を食い入るように見つめていた。

と、そのとき、

「……あ」

不意に視界の隅に映った人影に、リーナは思わず息を呑む。

誰かから聞きつけたのか、それとも声が聞こえたのか、シュトリが片足を庇《かば》いながら玄関ホールに向かおうとしていた。

それには玄関ホールにいた二人もすぐに気づいたらしい。

「……ッ、陛……──」

男は慌てた様子でシュトリに駆け寄っていく。

だが、よろめく身体を受け止めようとすると、シュトリはその手をぴしゃんと冷たくはね除けてしまう。

「あ……っ」

「誰が触れていいと言った」

「も…っ、申し訳ありません！　しかし、その足はどうされたのですか!?」

「これは私自身の不注意によるものだ。大した怪我ではないが、歩くと少し痛む。彼らには無理を言って一晩世話になった。偶然通りかかってくれなければ、私は森の岩場でひっそりと朽《く》ち果てていた」

「なんと……っ」

男は目を見開き、みるみる蒼白になっていく。

男の動揺は手に取るように伝わってくるが、対照的にシュトリは表情一つ変わらない。

二人はどういった関係なのだろう。頭一つ分以上の身長差があるのに、シュトリのほうが大きく感じるのも不思議だった。

「おまえは外で待っていろ。戻るのは彼らに礼を言ってからだ」

「しょ…、承知しました！　では、私は馬を連れて参ります。門の外に待たせておりますので……っ」

シュトリの言葉に、男は背筋を伸ばして胸に手を当てる。

そのままバルカンに向き直って頭を下げると、素早く身を翻《ひるが》してあっという間にその場から立ち去った。

玄関ホールにはシュトリとバルカンだけになり、しばし沈黙が流れる。

リーナは依然として、そこから少し離れた柱の陰に隠れていた。

すっかり出そびれてしまったが、このままではシュトリはバルカンに挨拶《あいさつ》したら帰ってしまうかもしれない。

そんなのは嫌だ。

せめて別れの一言だけでもと、リーナは柱の陰から一歩踏み出した。

「リーナ、やはりそこにいたか」

「……え」

すると、シュトリが壁に手をついてこちらを振り向く。

彼は若干呆れた表情で、柱の陰から出てきたリーナを見つめていた。

──気づいていたの……?

リーナは動揺してその場から動けない。

バルカンのほうを見ると、「リーナさま?」と目を丸くしている。

どうやら、気づいていたのはシュトリだけのようだ。

そういえば、玄関ホールにはバルカンしかいないのに、シュトリは先ほどの男に『彼ら』と説明していた。彼はリーナが柱の陰に隠れていることにはじめから気づいていたのかもしれなかった。

「リーナ、ずっとそこにいるつもりか?」

「……そ、そういうわけじゃ……」

「なら、こっちに来ればいい」

「う…、うん」

リーナは促《うなが》されるままにシュトリたちのほうに歩き出す。

けれども、一歩進むごとに別れも近づくようで呼吸が乱れてしまう。

感情が込み上げて鼻の奥がツンとする。昨日の夜はあんなに浮かれていたのが嘘のようだった。

「迎えが来た。もう帰らなければならない」

「……うん」

「なぜそんな顔をする？　私が何かしたか？」

「こ…、これは……っ、違うの、シュトリは何もしてないわ……」

「そうか」

「……ん…」

「では、これで…――」

「え…、ま、待って……ッ！」

リーナが目を合わさずにいたからだろうか。

重い沈黙が流れると、シュトリはその場から離れるような動きを見せた。

感傷的な自分との温度差に驚きつつも、リーナは外に出ようとするシュトリの腕を咄嗟に摑んだ。

「……リーナ？」

「あっ、えと……、外までついていっていい？」

「外まで？」

「だってほら、さっきの人が馬を連れて来るって言ってたから……っ。それまで私の手に摑まっていたほうがいいと思って」

「あぁ…、そうだな」

シュトリは話を聞きながら、自身の腕を見て小さく頷いている。

摑んでいるのはリーナのほうだったが、焦っていたからそれすら気づいていなかった。

それでも、歩き出せばシュトリを支えるようにしっかり腕を組み直す。外に出ると先ほどの男が馬を連れて戻ってくるのがすぐに目に入った。

――本当にお別れなんだ……。

シャツ越しに彼の温もりが伝わって、寂しさが募っていく。

こうして触れていても、シュトリはリーナをはね除けるようなことはしない。

少しは仲良くなれた気がするのに、ちっとも嬉しくない。男が連れて来た馬の傍で立ち止まっても、リーナはシュトリの腕をなかなか放すことができなかった。

「世話になった。礼を言う」

「そんなこと」

「いや、とても稀有《けう》な体験をした。悪くない気分だった」

「そ、そう……」

「あぁ、おまえのことは忘れない」

「……っ」

思いがけない言葉に、リーナは声を呑む。

シュトリは小さく頷き、摑まれていないほうの手でリーナの腕をそっと外す。

すぐに手を伸ばそうとしたが、背中を向けられた途端動けなくなってしまう。

シュトリは男に抱き上げられると、馬上に乗せられる。

男は畏《かしこ》まった様子でシュトリの後ろに乗り、手綱を握りながら躊躇いがちにリーナに目を向けた。玄関ホールにいたときにリーナはいなかったから、突然現れた少女の存在に戸惑ったのだろう。

「あなたは……？」

「行け」

「は、はい……ッ」

しかし、男が物言いたげに口を開いた直後、シュトリが低く命じた。

瞬間、男はぴんと姿勢を正し、慌てて馬腹を軽く蹴《け》る。

すぐさま馬が動き出し、みるみるその場から離れていった。

リーナは何歩か追いかけたが、すぐに足を止めてしまう。後ろから追いかけて来たバルカンに腕を掴まれたからだ。

シュトリの乗った馬は、あっという間に門を抜けていく。

走っても、もう追いつけそうにない。

リーナは目に涙を浮かべて唇を震わせた。

ところが、その直後、

「――さま…ッ、リーナさまッ、大変です……！」

感傷に耽《ふけ》る間もなく、突然大きな声で呼ばれた。

肩をビクつかせて声のほうを振り返ると、裏庭のほうから使用人が駆けてくる。使用人は酷く慌てた様子で自分が来た方角を指差していた。

「鷹ッ、鷹が……っ！」

「鷹？」

「小屋の鷹が突然騒ぎ出して……っ！　確認しに行ったら、鳴き声を上げて酷く興奮しているんです！　あれじゃ、また怪我をしかねません！」

「え…っ!?」

使用人の話に、リーナは目を丸くする。

ずっと大人しくしていたのに、どうしたというのだろう。

急いでバルカンと裏庭に向かうと、小屋の中からけたたましい鳴き声が聞こえてくる。

扉を開けないほうがいいとバルカンに言われて小窓から中を覗いてみたところ、鷹は興奮した様子で羽をばたつかせていた。

「ど、どうしたの？　大丈夫だから落ち着いて……っ！」

リーナはおろおろしながら小窓から声をかける。

だが、興奮した動物がその程度で落ち着くわけがない。

鳴き声は一向に止まらず、鷹はますます興奮して小屋の中を飛び回っている。困り果てていると、一緒に様子を見ていたバルカンがおもむろに扉に手をかけた。

「リーナさま、外に出してやりましょう！」

「な……っ」

「こんな状態で放っておけば、怪我をするどころじゃすみませんよ！　壁に激突して死んでしまうかもしれません！　もともと、二、三日様子を見るだけという約束だったはずです。ずっと面倒を見れるわけでないなら、飛びたがっている今放すべきでしょう！」

「……ッ、そ…、そうね……」

バルカンの剣幕に押されて、リーナはぎこちなく頷く。

確かに、こんな狭いところでは飛びたくてもまともに飛べないだろう。

心配な気持ちはあったが、自分は鷹が元気になるまで手助けをしたかっただけだ。閉じ込めていたせいで死なせてしまうなど本末転倒もいいところだった。

「こっちよ…、出口はここよ！」

バルカンが扉を開けると同時に、リーナは中に足を踏み入れた。

鷹が鋭い眼光をこちらに向けたので、先導するように今度は扉の外に出てみせる。

そんなリーナを見てバルカンは驚嘆していたが、今の自分にできるのはこれくらいしかない。扉を開けたからといって、そこが出口だと理解してもらわなければなんの意味もないのだ。

すると、鷹の声がやや小さくなり、徐々に扉に向かってくる。

気持ちが伝わったのかは定かではないが、それからすぐに鷹は羽をばたつかせながら外に飛び出す。吹き抜ける風に乗って、目にも止まらぬ速さで上空へと舞い上がった。

「ちゃんと飛べたわ……っ」

なんて力強く飛ぶのだろう。

ずっと小屋の中で大人しくしていたのが嘘みたいだ。

リーナは空を見上げ、その悠然とした姿に感嘆の息をつく。

鷹はしばし屋敷の周りを円を描くように飛んでいたが、ややあって高めの声で鳴いてから大空の彼方へと消えていく。

まるで雛《ひな》の巣立ちを見届けたようで、姿が見えなくなった途端、リーナはどっと力が抜けていくのを感じた。

シュトリも鷹も、いっぺんにいなくなってしまった。

今まであんなにも心が浮かれたことはなかったから、ぽっかりと胸に大きな穴が開いたようだった。

「……皆、いなくなっちゃった」

この辺りはほかに屋敷もなく、友達なんてそう簡単にできるものではない。

これまでどうとも思わなかったことなのに、今はそれが寂しくてならなかった。

リーナは滲んだ涙を手の甲で拭い、もう一度空を見上げる。

結局、シュトリの『探しもの』がなんなのかはわからないままだ。

それどころか、彼がどこから来たのかさえわからない。

バルカンにも聞いてみたけれど、彼も知らないようだった。

だからそのときのリーナは、もう二度とあの浮き世離れした美しい少年と会えないのだと諦めることしかできなかった――。

第二章

――五年後。

木々が芽吹いて花々も彩りはじめ、今年もようやく春が訪れようとしていた。

幾度となく季節は移ろい、五年という年月が流れても、リーナの住む屋敷やその周辺はほとんど変化がない。

相変わらず父は仕事が忙しく、リーナはその帰りを待つ日々を送っている。

多少の変化があるとすれば、数年前からスワイヤー家の屋敷の裏庭では、季節ごとに違う花が咲くようになったことだった。

「少し前まで蕾《つぼみ》だったのに、あっという間に満開ね」

この日も、リーナは昼食を済ませるとすぐに裏庭を訪れていた。

花壇《かだん》には赤と白と黄色のチューリップが咲いている。

これらはすべて自分が育てたものだ。

そのせいか、眺めているだけで頬が緩んでしまう。

土から芽を出し、成長していく様子は代わり映えしない日々を送るリーナに大きな楽しみを与えてくれていた。

「――やぁ、リーナ。そんなところで何をしてるんだい？」

「……っ」

と、そのとき、不意に後方から声をかけられる。

足音が近づいてくるのは気づいていたが、バルカンだと思っていたのに違う男性の声だったから驚いたのだ。

「……スチュワード……さま？」

振り向くと、若い男が門のほうから近づいてくるのが目に映る。

彼はリーナと目が合うなり、蕩けるような甘い微笑を浮かべて軽く手を振った。

「いきなり声をかけたから驚かせてしまったね。ちょうど今来たところなんだ。なんとなく君が裏庭にいる気がして寄ってみたんだよ」

「そうだったのですか」

「一週間ぶりくらいかな。元気にしていたかい？」

「はい、とても」

リーナは笑顔になって頷く。

日差しの下で青年の薄茶の髪が柔らかく揺れ、それと同じ色の優しい瞳がまっすぐにこちらを見つめている。穏やかな声音が彼の人柄をそのまま表しているようだった。

彼の名はスチュワード。古くから続く名家の跡取りだという話だ。

スチュワードの父親は宰相という地位に就いており、彼自身は近衛隊の隊長という要職に身を置いているらしい。

しかし、それがどんなにすごいことなのか、リーナはまだよくわかっていない。

彼とは少し前に知り合ったが、屋敷に来るとこうして必ず話しかけてくれる。

はじめて会ったときも、今のようにリーナが花壇を眺めていたときにふらりとやってきたのがきっかけだった。

とはいえ、スチュワードは自分に会いに来ているわけではない。

彼はここから少し離れた都に住んでいて、リーナの屋敷までは何時間もかけて馬でやってくる。わざわざこんな寂しい場所にやってくるのは、リーナの父シュバルツに用があるからだった。

「あの…、スチュワードさま。折角《せっかく》おいでいただいたのですが、父はまだ帰っていないんです」

「そうなのかい？」

「えぇ、おそらく夜になってしまうかと」

「夜…か……。さすがにそれまで待っていては帰れなくなってしまうね。なら、出直すしかないか」

「ごめんなさい」

「どうして君が謝るの？」

「だって、何時間もかけていらしたのに……」

リーナは眉を下げて小さく謝る。

すぐに来られる距離ならともかく、そうではないのだ。

しかも、一週間前に来てくれたときも父は不在中だったから余計に申し訳ない気持ちになっていた。

「そんなこと、君は気にしなくていいんだよ。君の父上が忙しい人だというのは、僕もわかっているんだから」

「でも……」

「僕はね、君の父上をとても尊敬しているんだよ」

「尊敬？」

「そうさ。君の父上は、国中の商人たちを束ねる総元締めとして立派に役目を果たしている。ここは島国だから海洋資源や鉱山資源は豊富だが、それなりに人口が多いこともあって、それ以外の食料や生活物資を自国ですべてをまかなうのはかなり難しい。だが、他国と交易するには荒れる海流を抜けていく必要がある。商人と言えど気の荒い連中が多い中で、君の父上はそれをまとめ上げる腕があるだけでなく、現在の盛んな交易の基礎を作ったんだから今の地位にいるのは当然のことだよ。先代の国王陛下がお認めになったのもよくわかる。元は貴族でないからなどと蔑《さげす》む者も一人もいない。君の父上は、この国――アルティアにとって、なくてはならない人なんだ」

「あ、ありがとうございます……」

いつになく饒舌《じょうぜつ》なスチュワードにリーナは呆気に取られてしまう。

申し訳ないと謝罪したあとにこんなふうに父を絶賛されるとは思わなかった。

――でも、すごく嬉しい……。

難しい話はよくわからないが、先代の国王に認められて父が貴族になったことは、リーナも幼い頃より本人から何度も聞いていた。

父のシュバルツは、元はいくつもの国を股《また》にかけて商《あきな》いをしていた商人の一人だった。

しかし、庶民から貴族や王族まで、多くの人々の欲求に応えるにはそれなりの人脈と人数が必要になる。そこで仲間を増やして販路を拡大し、生活必需品から贅沢品《ぜいたくひん》まで供給し続けるうちに、いつしかずいぶん大きな組織になっていたという。

先代の国王はそんなシュバルツの功績を讃《たた》え、貴族の地位を与えてくれたのだ。

もちろん、滅多にない栄誉ではあったが、過去に例がないわけではないらしい。父は酒が入ると、『上を目指す者には夢のある話だ』『貴族や王族でさえ、俺たちには一目を置いている』と得意げに語っていた。

けれど、それをスチュワードの口から聞くとは考えもしなかった。

彼は古くから続く貴族の出身で、父の大事な顧客の一人だ。

その彼がここまで言ってくれたことに喜びを隠せない。

自分のことのように嬉しくなって頬を緩めると、スチュワードはくすっと笑ってリーナの顔を覗き込んできた。

「ちょっと熱く語りすぎたかな？」

「い、いえ、そんなこと……。とても嬉しいです」

「そっか、なら話してよかった」

「はい…、あの…、よければ屋敷で少し休んでいかれませんか？　せめてお茶だけでもお出しできれば……」

ここまで父を慕ってくれている人をこのまま帰すのはやはり申し訳ない。

お茶だけなら大して時間も取らないだろうと思ってのことだったが、彼は屋敷のほうに目を向けると、ぎこちない笑みを浮かべた。

「折角だけど遠慮しておくよ」

「そう…ですか」

「あ…っ、違うんだ。どうか気を悪くしないでほしい。君の誘いはすごく嬉しいんだよ。ただ、ゆっくりすると戻るのが億劫《おっくう》になってしまいそうでね」

「……あ…、なるほど」

「だから、もう少しここにいてもいいかな？」

「ここに、ですか……？」

「とても綺麗に花が咲いているからね。眺めていたいんだ」

「スチュワードさまは、お花がお好きなんですか？」

「綺麗なものは大好きだよ」

「……ッ、私も大好きなんです！」

「そう、一緒だね」

スチュワードの言葉に、リーナは顔を真っ赤にしてこくこくと頷く。

ここの花はすべて自分が育てたのだ。綺麗だと褒《ほ》められて、これほど嬉しいことはなかった。

けれど、彼はそう言いながらも、なぜか花壇ではなくリーナを見ている。

気のせいか、その視線がやけに強くてリーナは首を傾げた。

相手の目を見て話すのは別におかしなことではないが、なんとなく居心地が悪くなってしまう。戸惑いを顔に浮かべていると、スチュワードはさり気ない仕草でリーナの髪にそっと手を伸ばした。

「……あ、あの……？」

「少し髪が乱れてる。綺麗な銀髪だから、勿体《もったい》ないと思って……」

「あ…、ありがとうございます」

「ここまで見事な銀髪は都でも滅多に見ないよ。君があの街を歩いたら、きっとたくさんの人が振り返るだろうな」

「そっ、そんな珍しいものでは……っ。父も同じ髪の色ですし……」

「確かに君の父上も銀髪だね。若干くすんだ色だけど。でも、以前王宮で見かけたときにすぐに気づいたから、君たちの容姿はやはり目を引くのだと思うよ」

「王宮で……」

褒められて恥ずかしがっていたリーナだが、不意に『王宮』という単語が出てきて思わず目を瞬かせる。

父が時々都に出かけていることは知っていた。

王宮を訪れる貴族たちと商談するのが目的だという話だが、スチュワードともそうやって出会ったのだろうか。自分が知らないところで偶然父を見かける状況がなかなか想像できずにいると、スチュワードが話を補足してくれた。

「以前、僕が近衛隊の隊長をしていると話したことを覚えてる？」

「……は、はい」

「近衛隊は国王直属の兵隊なんだ。だから僕は国王陛下をお守りするため、毎日のように王宮に通ってる。アルティアは平和な国だけど、いざというときの備えは必要だ。陛下に何かあっては取り返しがつかなくなってしまうからね」

「国王さまを、お守りするため……」

「これほど栄誉ある役目はない。毎日、身の引き締まる思いだよ」

近衛隊とは国王直属の兵隊だったのか。

リーナには具体的にどんなことをしているのかまではわからないが、スチュワードの表情は先ほどまでとは明らかに違う。生き生きした表情からは、自分の仕事を誇りに思っているのが伝わってくるようだった。

「スチュワードさまは、国王さまに毎日お会いしているのですか？」

「さすがに毎日とまではいかないけどね」

「国王さまは、どんな方ですか？　おひげは生えていますか？」

「……ひげ？」

「はい、国王さまにはおひげが似合う気がしたので」

「あははっ！　なるほどね、ひげかぁ……。残念ながら、ひげを伸ばされているところは見たことがないかな。先代の国王陛下には立派なひげが生えていたけどね」

「そうなんですね」

「でも、まだお若いとはいえ、とても素晴らしい方だよ。まさにアルティアの宝だ。陛下のなさることに間違いはない。そんな方の信頼を賜《たまわ》って傍にお仕えできることは幸運の極みだ」

「まぁ……」

宝とまで言わしめるだなんて、国王はどんな人なのだろう。

あまりに存在が遠すぎて考えたこともなかったが、そんなに目を輝かせて言われると興味が湧いてくる。実際に会ったことのある人がそこまで言うのだから、よほど素敵な人なのだと思った。

　――王宮って、どんなところかしら……。

　自分の知らない世界だからか、想像が追いつかない。

　丘の上にぽつんと建つ屋敷で育ったリーナには、すべてが計りしれないことだった。

「スチュワードさま、もっとお話を聞かせてくれますか？」

「それは陛下のこと？　それとも近衛隊のことかな？」

「どんなお話でも構いません。私、この屋敷を離れたことがなくて……。だから、些細な日常の話でもいいんです」

「屋敷を離れたことがないって、一度も？」

「はい、近くの森に出かけたことがあるくらいで……」

「そう…だったんだ……。そっか、どんな話がいいだろう」

　スチュワードは考え込むように腕を組んだ。

　食い入るように見つめていると、彼は困ったように笑ったが、ややあって何かを思い出したように顔を上げた。

「そういえば、少し前に…――」

「おいっ、そこで何をしているんだ……ッ!?」

「……ッ!?」

　だが、そのとき突然、辺りに怒声が響き渡った。

リーナは驚いて肩をびくつかせ、声のしたほうを振り返る。

すると、顔を強《こわ》ばらせたバルカンが屋敷のほうから大股でやってくるのが見えた。

――バルカン？　どうしてあんなに怒っているの……？

困惑している間もバルカンはどんどん近づいてくる。

彼はリーナたちの傍までやってくると、スチュワードを睨《ね》めつけるようにして足を止めた。

「あなたは、確かルーンベルグ家のご嫡男……」

「えぇ、スチュワードです」

「旦那さまからは、お約束があるとは聞いていませんが」

「申し訳ない。約束はしていないんだ。思い立って、いきなり来てしまった」

「そうでしたか。生憎、旦那さまは外出中なんです」

「彼女から聞いたよ。戻るのは夜になるというので、諦めて帰ろうとしていたところだったんだ」

「……それは賢明な判断です」

バルカンはもともと強面だが、今は普段と比較にならないほど顔が怖い。

相手が誰かわかったならそこまで警戒する必要はないだろうに、バルカンは探るようにスチュワードをじろじろ見ている。突然来たことをスチュワードが謝罪しても、ピリピリとした空気を全身から発していた。

いくら優しいスチュワードでも、これでは気を悪くしかねない。

ハラハラするリーナだったが、スチュワードは小さく息をつくと、気持ちを切り替えたように頷いた。

「リーナ、そろそろ失礼するよ」

「え…、でもスチュワードさま……」

「ずいぶん長居してしまったからね。話に付き合ってくれてありがとう」

「そんなこと……っ」

「とても楽しいひとときだったよ」

スチュワードは柔らかな笑みを浮かべ、その場を立ち去ってしまう。

せめて謝罪をと思ったが、まっすぐな背中を見たら何も言えなくなった。

事を荒立てるつもりはないと言われているようで、ただただ申し訳ない気持ちでいっぱいになる。スチュワードの姿が見えなくなると、リーナは憤《いきどお》りを隠さずバルカンに向き直った。

「バルカン、酷いわ！　スチュワードさまは、お父さまの大事なお客さまなのよ！」

「ええ知っていますよ。それよりリーナさま、屋敷にお戻りください。そんな薄着でいると風邪を引いてしまいます」

「別に薄着じゃ……っ」

「リーナさま、早くお戻りください」

「〜ッ、……わかってるわ！」

少し強めの口調で注意したが、バルカンはまるで話を聞く気がない。

まさか、当然のことをしたとでも思っているのだろうか。

もしそうなら腹立たしいが、今は何を言っても一方通行になりそうだ。

納得のいかない思いを抱きながらも、リーナは渋々屋敷に向かう。

バルカンが後ろからついてきていたが、一度も言葉を交わすことなく二階にある自分の部屋へ戻っていった。

❀　❀　❀

「——あんまりだわっ、あれじゃ追い返したみたい……っ」

その後、しばらく経ってもリーナの憤りはなかなか静まらずにいた。

父にリーナの護衛を任されているとはいえ、いくらなんでもやりすぎだ。

やり場のない憤りをどこへ向ければいいのかわからず、リーナは部屋の中をぐるぐる歩き回ってから窓辺に向かう。薄着でいると風邪を引くと言われたが、気分転換をしたくてアーチ状の窓を一気に開け放った。

「……あら？」

すると、爽やかな風が部屋に吹き込み、同時に羽ばたきの音が耳に届く。

リーナは耳をそばだてて周囲に目を凝らした。

部屋からは裏庭がよく見えるため、先ほどまでいた花壇の辺りにも目を落としたが、それらしい姿は見当たらない。ふと空を見上げると、リーナは途端に口元を綻ばせて声を上げた。

「あ、見つけた……っ」

見上げた先には一羽の鳥がいた。

だが、ただの鳥ではない。大型の鷹が屋敷の上空を悠然と飛んでいた。

リーナと目が合うと、鷹はすぐさま動きを変える。

標的を定めたかの如《ごと》く上空から一気に下降し、目にも止まらぬ速さで近づいてきたが、リーナが慌てる様子はない。それどころか、先ほどまでの憤りなどすっかり忘れて満面に笑みを浮かべていた。

「フェネクス、いらっしゃい……っ！」

その直後、開け放った窓の上に鷹が止まった。

リーナが一歩後ろに下がると、鷹は慣れた動きで窓の額縁にトンと飛び降りる。

数秒ほど金色の鋭い目でリーナをじっと見つめていたが、やがて全身をぶるるっと震わせてから毛繕《けづくろ》いをはじめた。

「二日ぶりね、フェネクス。元気だった？」

リーナは笑顔で話しかけながら、そっと鷹に手を伸ばす。

鷹は一瞬動きを止めたが、触れられても嫌がる様子はない。胸元を優しく撫でて顎《あご》の辺りをくすぐってやると、気持ちよさそうにうっとりと目を閉じていた。

その油断しきった表情に獰猛《どうもう》さは欠片もない。

意外とふわふわな羽の感触をひとしきり愉《たの》しんだあと、リーナはさり気なく鷹の脚に触れる。鷹の脚に括り付けられていた白い紙を外そうとしたのだ。

「……ちょっとだけこのままでいてね」

リーナは素早い手つきで鷹の脚から紙を外していく。

鷹は言葉が通じたかのようにじっとしていたが、白い紙を外し終えた途端、再びぶるるんっと全身を震わせる。それからすぐに毛繕いを再開したのを見て、リーナは自分の机に向かい、椅子に座って白い紙を広げた。

「シュトリったら相変わらずね。二日ぶりの手紙なんだから、たまにはたくさん書いてくれてもいいのに」

広げた紙には短い文章が綴《つづ》られており、リーナはそれを見るや否や唇を綻ばせる。

手紙というにはあまりに短い内容だったが、それでも嬉しくて仕方ない。

『シュトリ』というのは、五年前のあの少年のことだ。何を隠そう、これはそのシュトリからの手紙だった。

あれは、彼と別れて一週間ほど経った頃だ。

屋敷の裏庭に、飛び去ったはずの鷹がひょっこりと現れたのだ。

しかも、脚には今のように手紙が括り付けられてあったのだが、はじめからそう認識できたわけではなかった。罠《わな》にでも引っかかってしまったのかと思い、鷹を宥めながらおそるおそる外してみると、白い紙には文字が書かれてある。そして、内容を確かめていくうちに、リーナはそれがシュトリからの手紙だとようやく気づいたのだ。

――まさかシュトリがあのときの鷹の飼い主になるなんて思わなかったわ……。

不思議な巡《めぐ》り合わせだが、これが縁というものなのかもしれない。

シュトリはリーナの屋敷を出てすぐに鷹と再会し、やけに懐《なつ》かれて屋敷までついてきてしまったから仕方なく飼うことにしたそうだ。とても頭がいいから、もしかしたらリーナの屋敷の場所を覚えているかもしれないと思って試してみることにしたと、そのときの手紙にはそんなふうに綴られていた。

鷹の名は『フェネクス』、シュトリがそう名付けたらしい。

それから五年間、リーナは彼と文通を続けている。

もちろん、このことはバルカンも知っていた。

やましいことをしているわけではないし、隠してもばれるときはばれる。

バルカンは意外と動物が好きなようで、フェネクスのために時折餌を用意してくれたりもした。リーナはずっと鷹は虫を食べると思っていたから、基本は肉食だと知ったときは卒倒しそうになったけれど……。

ちなみに、シュトリからの手紙は大体二、三日おきで、どんなに長く間があいても一週間に一度は届けられる。と言っても、ほとんどがリーナの手紙への問いかけや感想であり、特筆すべきはその短さだ。

『おまえは、その男が気に入ったのか？』

今日も例に漏れず短い文章だったが、おそらくこれは前回のリーナの手紙に対する反応なのだろう。

「……その男って、スチュワードさまのことかしら？」

リーナは端的すぎる文章に首を捻《ひね》る。

近況報告をかねて、日々の出来事を手紙にするのはいつものことだ。

屋敷を人が訪ねてくることは滅多にないこともあり、リーナはこれまでにスチュワードの話を二度ほど手紙に書いていた。彼が侯爵家の跡取りであること、年齢は二十五歳で結婚はしていないこと、近衛隊の隊長をしていることなど、本人から聞いたとおりのことをそのまま書いただけだった。

――なんて返答したらいいのかしら……。

気に入ったのかと聞かれて答えられるほど、スチュワードと仲良くなれてはいない。

リーナは机の引き出しから白い紙を取り出し、羽のペンにインクをつけてサラサラと文字を綴っていく。スチュワードが今日も来たことや、自分の知らない話をたくさんしてもらったこと、彼が国王に信頼されているすごい人であること、『その男が気に入ったのか？』に対する答えにはなっていなかったが、自分の印象をまじえて素直に手紙にした。

「フェネクス、またよろしくね」

それから程なくして、リーナは自分の手紙をフェネクスに託すと、いつのもののように悠然と飛び去る姿を見送った。

屋敷の上を一回りしてから大空の向こうに消えていく様子は、五年前から少しも変わらない。すべての鷹があんなに賢いのかはわからないが、今でもシュトリと友達でいられるのは間違いなくフェネクスのお陰だった。

――コン、コン。

そのとき、扉をノックする音が響く。

「はい」

返事をしながら窓を閉めると、扉が開いて父のシュバルツが入ってきた。

「リーナ、ただいま。いい子にしていたかい？」

「お父さまっ！」

シュバルツは窓辺に佇むリーナに気づくや否や、満面の笑みで近づいてくる。

傍まで来ると同時に抱き締められて、顔を上げると灰色の瞳がリーナを優しく見つめていた。

「お帰りなさい！　てっきり夜まで戻らないものと思っていました」

「予定より早く用事が済んでな。ついさっき戻ったところだ」

「そうだったんですか」

「あぁ、だからこれをついでに引き取ってきたよ。少し前に頼んでいたドレスだ」

「まぁ、素敵……っ！」

「だろう？　おまえに似合うはずだ」

そう言って、シュバルツは手にしていたドレスを広げてみせる。

爽やかな水色のエンパイアドレスだ。

思っていた以上に素敵だとリーナが喜ぶと、シュバルツはリーナとドレスを見比べて満足げに頷く。愛嬌たっぷりの笑みでドレスを渡されて、リーナもお礼を言いながらくすくすと笑った。

多忙なシュバルツは屋敷にいないことのほうが多い。

それでも、帰ってくれれば必ず抱き締めてくれる。ほかの人には厳しくあたることがあっても、リーナにはどこまでも優しい父だった。

「……っと、それから今日はもう一つお土産があったんだ」

「もう一つ？　なんですか？」

「これだよ」

シュバルツは思い出したように自分の懐《ふところ》に手を突っ込む。

ごそごそと探りながらなんとか取り出したのは、そこそこ厚い本だ。

懐に仕舞っていたから、少し曲がってしまっている。リーナは手渡された本を見つめ、小さく首を傾げた。

「これは、どういった本ですか？」

「いつだったか、都では今何が流行っているのかと聞いてきたことがあっただろう？　覚えてないか？」

「あ…、はい、覚えています」

「あのときは、おまえくらいの年齢の娘が何に興味があるのかよくわからなくてな。うまく答えられなかったんだ。調べたところ、今はこの本が流行っているらしい。恋愛小説だそうだ」

「恋愛小説……。都ではこういうものが流行っているんですね」

リーナは感心しながら何度も頷く。

確か、あのときは話の流れで都での流行を聞いただけだったが、わざわざ調べてくれたのか。好きと言えるほど本を読むわけではないけれど、都で流行っていると言われると途端に興味が湧いてくる。父が自分のために手に入れてくれたと思うと、一層特別なものに感じられた。

「好みかどうかはともかく、時間があるときに少し読んでみるといい」

「はいっ、ありがとうございます」

「さて、下でお茶でもしようか。まだ夕食には早いしな」

「はい」

シュバルツに言われて、リーナはにっこり頷く。

そのまま一緒に扉に向かおうとしたが、ドレスと本を持ったままだ。

すぐ近くに洋服掛けが置かれていたので、さっとドレスを掛けたあと、傍のテーブルに本を置いてその場を離れようとした。

だが、視界の隅で不意に人影が動いた気がして、リーナはなんの気なしに窓の下に目を落とす。よく見ると、裏庭の花壇の前でバルカンがじっと佇んでいた。

「……バルカン？」

バルカンが花を眺めるところなんて、はじめて見たかもしれない。

リーナが自分の育てている花の話をしても、彼はいつも気のない返事をするばかりで興味がなさそうだったのだ。

——実は興味があったとか……？

それとも、チューリップだけは特別好きなのだろうか。

リーナがあれこれ考えていると、シュバルツもふと窓の下に目を向ける。

だが、シュバルツはバルカンに気づいた途端、なぜか眉をひそめて大きなため息をついた。

「あいつは、アレくらいでまた落ち込んでるのか……」

「お父さま？　バルカンと何かあったのですか？」

「いや、何というほどのことでもない。最近、同じようなヘマが続いたから、少し強く注意しただけさ」

「そう…だったんですね。だからあんなに項垂《うなだ》れて……」

「まったく、仕方のないやつめ」

シュバルツは「やれやれ」と呆れた様子で窓枠にもたれ掛かる。

けれど、今は優しく見えるその瞳が、怒ったときにはとても鋭くなることをリーナは知っていた。

リーナは一度もシュバルツに叱られたことはないけれど、バルカンが怒られるのは昔から幾度となく目にしている。

バルカンは、リーナの護衛を任される前はシュバルツの仕事を手伝っていた。

国中の商人たちをまとめ上げる姿に憧れ、バルカンは十代の頃からシュバルツの組織の一員として必死で働いてきたという。彼にとって父は誰よりも尊敬する人だから、少しの叱責であっても酷く落ち込んでしまうようだった。

それなのに、シュバルツはバルカンには一際厳しくあたる。期待しているというのはわかるが、怒られて大きな身体を小さくして項垂れるバルカンを見ると、居たたまれない気持ちになった。

「お父さま、時々はバルカンに優しくしてあげてくださいね」

「なんだ、突然？」

「あ、いえ…、彼はお父さまをとても尊敬しているので……。だから褒められれば、きっともっと頑張ってくれるはずです」

「……なるほどな。そういう考えも一理あるか」

「はい、そう思います」

リーナは小さく頷き、シュバルツを見上げる。

偉そうなことを言ってしまったが、父は特に気分を害してはいないみたいだ。

それどころか、目を細めてリーナを見つめ、優しい手つきでそっと頬を撫でてきた。

「リーナは、どんどん彼女に似てくるな」

「彼…女…、お母さまのことですか？」

「あぁ、そうだ。おまえの母は誰に対しても優しい人だった。ただの商人だった頃の俺にも、とても優しくしてくれたんだ」

「お父さま……」

「この銀髪も緑の瞳も、まるで生き写しだ。本当に美しい人だった」

「……そう…ですか」

シュバルツはリーナの髪をひと束掴むと、懐かしそうに微笑んだ。

けれど、生き写しと言われてもリーナは曖昧《あいまい》な反応しかできない。

少しくすんではいるが、父だって銀髪だ。

目の色は違うものの、顔立ちは多少似ているところもある。

そう思ってしまうのは、リーナが物心つく前に母が亡くなってしまったからかもしれない。ふとしたときに、シュバルツが母の面影を追うように自分を見ることがあるが、それがとても寂しそうで、いつも密かに胸がちくんと痛んでいた。

――お父さまが見ているのは、私の中のお母さまだけ……？

もちろん、それだけでないことはわかっている。

シュバルツが父としてできる限りの愛情を注いでくれているのは充分伝わっていた。

ただ、少しだけ切なくなるときがある。その瞳に自分が映っていても、『私はここにいるのに……』と寂しくなってしまうことがあるのだ。

「しかし早いものだな。おまえも、もう十八歳か」

「……はい」

「そうか、もうそんなになったか」

「ええ……」

シュバルツの眼差しはどこまでも優しい。

だが、優しければ優しいほど、遠い何かを見ているような気がしてしまう。複雑な気持ちでいると、シュバルツはふとテーブルに目を移してぽつりと問いかけてきた。

「リーナも…、恋愛に興味があるのか？」

「え……？」

「……あ、いや、その本を手に入れたときに聞いたんだ。おまえくらいの年の娘は、恋愛やお洒落で頭の中がいっぱいだと」

「そうなんですね」

「リーナはどうなんだ？　どんな顔が好きだとか、どんな相手がいいとか、好みはあるのか？」

「私は……」

突然どうしたのだろう。

いきなりそんなことを聞かれても困ってしまう。

とはいえ、恋愛もお洒落も興味がないわけではない。新しいドレスを仕立ててもらえば嬉しいし、運命の出会いに憧れる気持ちもある。

——こんな寂しい場所に住んでいては、出会いなんて滅多にないけれど……。

しかし、どんな相手がいいかと聞かれれば一つしかない。

リーナには、それしか頭に浮かばなかった。

「私は、いつも近くに感じられる人がいいです」

「いつも近くに？」

「はい、それだけで充分です」

「……そう…か」

自分でも、抽象的な答えだとは思う。

もちろん、物理的にもずっと一緒にいられればそのほうがいいが、相手を近くに感じられればきっと寂しくないと、そう思えたのだ。

「……そう…だな。このままでいいわけがないが……」

「え……？」

「いや…、なんでもない」

リーナが首を傾げると、シュバルツは僅かに目を伏せる。

軽く摑んでいたリーナの髪をゆっくり放し、サラサラと胸元に落ちていく様子をじっと見つめていた。

その瞳が見ているものがなんなのか、リーナにはよくわからない。

それでも、シュバルツと目が合えばリーナはすぐに笑みを浮かべた。

なんだかやけに寂しそうで、そんな思いをしないでいられるようにと、娘としてできる精一杯のことだと思ったからだ。

第三章

――ここ最近、リーナは空ばかり見上げていた。

雲一つない天気がしばらく続いているのに、気持ちは曇る一方だ。

誰と話をしていても内容がほとんど頭に入ってこない。気づけばまた空を見上げ、そのたびに落ち込む日々が続いていた。

「……私、何かしちゃったのかな」

もう一か月ほど、フェネクスが来ていないのだ。

当然ながら、シュトリからの手紙も途絶えている。

リーナはその日も自室の窓から何度となく空を見上げていたが、いくら待っても青い空に待ちわびた姿が見えることはなかった。

もしかして、最後の手紙に変なことを書いてしまったのだろうか。

確か、『おまえは、その男が気に入ったのか？』と聞かれての返信だったと記憶しているが、それが原因なのかもわからない。シュトリに何かあったのか、それともフェネクスがどこかで事故に遭《あ》ってしまったのか、さまざまな不安が頭を過ったが、リーナには何一つ確かめる術《すべ》がなかった。

——だって私、シュトリがどこに住んでいるのかさえ知らないんだもの……。

知っていたところで、外出が禁じられている中で易々と会いに行けるわけでもないだろう。今までは大体二、三日おきに手紙のやり取りをしていたから、こんなことを考える必要がなかったのだ。

シュトリが病気だったらどうしよう。

手紙を出せないほど大変な状態だったらどうしよう。

悶々と考えても、自分には待つことしかできない。

五年も何をしていたのだろう。こんなふうに連絡が途絶えてしまうなんて思ってもみなかった。

——コン、コン。

窓辺で空を見上げていると、部屋の扉をノックする音が響く。

リーナはぼんやりと瞬きを繰り返し、僅かに身じろぎをする。一拍置いて振り返り、小さく返事をすると遠慮がちに扉が開けられた。

「リーナさま……？」

「……バルカン？」

部屋を訪ねてきたのはバルカンだった。

彼はリーナの護衛役を任されているが、育てている花を裏庭に見にいく程度の行動範囲では危険に晒《さら》されることなどあるわけがない。そのため、普段からリーナの傍にいるというわけではなく、こうして部屋を訪ねてくることも珍しかった。

「あ、すみません。返事があったので勝手に開けてしまいました」

「いいの、気にしないで。ぼんやりしていただけだから」

「そうですか……」

「それより、どうかしたの？」

バルカンは扉を半分開けただけで、中まで入ろうとしない。

リーナが扉まで行くと、バルカンは一歩下がって廊下のほうを指差した。

「旦那さまが、今しがた戻られました」

「お父さまが？」

「はい、それでリーナさまを連れて来てほしいと……」

「そう…、わかったわ。お父さまはどちらに？」

「居間でお待ちです」

シュバルツが外出から戻ったときは自らリーナの部屋に来ることが多く、こんなふうに呼ばれることは滅多にない。

リーナは不思議に思いながら、バルカンと一階に下りていく。

わざわざどうしたのだろう。何か大事な話だろうか。

ぼんやりした頭を切り替えるため、リーナは深呼吸をする。

バルカンに促されて居間の扉を開けると、シュバルツはいつになく上機嫌な様子でソファから立ち上がってリーナを中に招き入れた。

「リーナ、おいで。好きなところに座りなさい」

「お帰りなさい、お父さま。どうかしたのですか？」

「あぁ、ただいま。とてもいい話だよ」

「まぁ、なんですか？」

シュバルツはリーナの前ではいつもニコニコしているが、今日は口角が上がりきっている。

どうやら、よほどいいことがあったみたいだ。

向かい側のソファに座ると、シュバルツは満面に笑みを浮かべた。

「リーナ、夕方から一緒に出かけよう」

「え……？」

「王宮から迎えがくることになっているんだ」

「お、王宮……？」

突然すぎて、話がまったく見えない。

どうして王宮から迎えがくるのか。なぜ自分も一緒に行くのか。

ぽかんとするリーナをよそに、シュバルツは意気揚々《ようよう》と話を続けた。

「実は、王宮の晩餐《ばんさん》会に招待されてな。本当は前もって招待状を送るはずが、手違いがあったとかで先ほど連絡を受けたんだ。ほかにもたくさんの貴族が招待されているそうだが、こういう催《もよお》しには家族で参加するのが基本らしい」

「……まぁ、それで私も一緒に……」

「少々急ではあるが、断る理由もない。折角だから、目一杯お洒落していくといい。王宮からの招待ということは、国王陛下からの招待なんだからな」

「国王さまから？　それは大変だわ……っ」

「あぁそうだ。これは大変なことなんだ。俺も王宮へは何度も出向いたことがあるが、それはなんらかの仕事の依頼があったときだけだ。しかし、今回は違う。先代の国王にはそれなりに認められてはいたものの、こういうことは一度もなかった。元は貴族でない俺のような者が正式に王宮に招待されたんだ……。どうやら、現国王は素晴らしく柔軟な思考をお持ちのようだ」

酒が入っているわけでもないのに、シュバルツがこんなに饒舌なのは珍しかった。

王宮の晩餐会に招待されるのは、それだけすごいことなのだろう。

――国王さまは、お父さまを認めてくださったのね。

はじめは驚いたけれど、目を輝かせて話す父を見ているうちにリーナも嬉しくなってくる。以前、スチュワードが国王を褒めていたが、その気持ちがわかる気がした。

——その後、夕方になると王宮から迎えの馬車が到着し、リーナはすぐにシュバルツと屋敷を出発した。

「お父さま、夕日が綺麗ね！」

「あぁ、綺麗だな」

「馬車って、とても速いのね。もう屋敷が見えないわ」

「そうだな」

いつもならバルカンも一緒だが、今日はシュバルツと二人きりだ。

こんな非日常の中では、何を目にしても興奮してしまう。

リーナはついこの間新調した水色のエンパイアドレスを着て、小窓から外を眺めては、あれこれシュバルツに話しかけていた。

だが、そんなリーナをシュバルツが叱ることはない。

何を話しかけても優しく微笑みながら、ずっと頷いてくれていた。

たくさんの貴族が招待されていると言うが、王宮がいっぱいになるくらいだろうか。

王宮がどれくらいの大きさなのかは想像もつかなかったが、考えるだけで楽しくて仕方ない。国王はどんな人なのだろう。会ったらなんて挨拶をしたらいいだろうと、自分が招待されたわけでもないのに浮かれてしまう。

リーナにとって、これははじめての外出だった。

馬車の中から見える景色さえ新鮮だったから、未知の世界への期待で胸がいっぱいだった。

❀　❀　❀

屋敷を出て、何時間が経っただろう。

王宮のある都は想像以上に遠いみたいだ。

ゆらゆら揺れる馬車の中、リーナはぼんやりと小窓から外を眺めた。

屋敷を出たときは夕方だったのに、いつの間にか真っ暗になっている。

はじめは浮かれた気持ちでいたけれど、何時間もそんな状態は続かない。

いつもなら、夕食が終わっている頃だろう。

それなのに眠気のほうが勝って少しもお腹が空いていない。

日が落ちてしまっては流れる景色で気を紛らわせることもできず、いつしかリーナはシュバルツの肩に身を預けてウトウトしていた。

「リーナ、起きなさい。もうそろそろだ」

「……ん」

「ほら、外を見てごらん。前方の大きな建物が王宮だ」

「王…宮……？」

それからしばらく経ち、頭上でシュバルツの声が響いた。

リーナは瞬きを繰り返し、身じろぎをして小窓のほうに顔を向ける。促されるままに身を起こすと、御者の持つオイルランプを頼りに外の様子に目を凝らした。

「わかるか？　そこの門をくぐり抜けた先だ」

シュバルツはリーナに耳打ちをしながら前方を指差す。

言われてみれば、少し先に門らしきものがある。

その向こうには建物の影がうっすらと見えるが、ほとんど明かりがないからはっきりとはわからない。

それにしても、正門というにはずいぶん小さい。

たくさんの人が招待されているはずなのに、やけに静かだった。

「……ここが、王宮なのですか？」

「なんだ、残念そうな顔をして」

「あ、そういうわけでは……。ただ、もっと賑やかな場所だと思っていたので」

「まぁ、そう思うのも無理はないか……。ここは裏門だからな。正門のほうは夜でもそれなりに明るいんだが」

「裏門？」

「そういう指示なんだ。晩餐会の招待客は裏門から入るようにとな……」

言いながら、シュバルツも小窓から外を覗く。

その表情はどこか腑《ふ》に落ちないといった様子だったが、そうこうしているうちに馬車は裏門を通り抜けていった。

程なくして、ガタンと揺れて馬車が止まる。

リーナはシュバルツに手を取られ、馬車の外へと出て行くが、辺りに人気はない。

来るのが早すぎたのか、それとも遅すぎたのか、吹き抜ける風の音ばかりがやけに耳についた。

――建物の中は賑やかなのかしら……？

リーナは首を傾げ、シュバルツの反応を窺《うかが》う。

シュバルツもこの状況に疑問を感じているのか、同じように首を捻っていた。

「……変だな。出迎えの者がいると聞いていたのに……」

すると、不意に馬車のほうから男の呟きが聞こえてくる。

振り向くと、御者台から下りてきた御者が困惑した様子で近づいてきた。

「申し訳ありません。手違いがあったようです」

「どういうことだ？」

「それは…、私にもよくわからないのですが……。急いで人を呼んできますので、あと少しここでお待ちいただけますか？」

「なるべく早くしてくれ。娘が風邪を引いてしまう」

「はい、すみません！」

シュバルツの言葉に、御者は慌てて建物のほうへ駆けていく。

考えてみれば、自分たちは王宮から迎えにきた馬車に乗ってきたのだ。

その馬車が当然のように裏門を通ってきたのだから、御者もそういう指示を受けていたのだろう。彼が悪いわけではなかったが、この状況を見るになんらかの手違いが生じているのは確かだった。


それから、十分ほどが経った頃だろうか。

何をするでもなく、ぼんやりと辺りを見回していると、建物のほうから男が近づいてきた。

「――スワイヤー家の方たちですね。お待たせして申し訳ありません。遠いところ、ようこそおいでくださいました」

「君は……？」

「案内役のジェイクと申します。どうぞこちらへ」

丁寧な口調に畏まった態度。黒っぽい上下の正装。

どうやら、先ほどの御者がこの人を呼んでくれたらしい。

どうなることかと思ったが、案内役の人がいるなら安心だ。

ほっと息をつくリーナの横で、シュバルツは苦笑を漏らしている。

きっと、たくさんの招待客の対応に追われていたのだろう。リーナたちはそう気を取り直して、男に促されるまま王宮の中に入っていった。

❀　❀　❀

「少しの間、こちらのお部屋でお待ちいただけますでしょうか」

「……ここは？」

「客間でございます」

それから程なくして、リーナたちは王宮内の一室に通されていた。

すぐに晩餐会の会場に案内されるものと思っていたが、違うようだ。

見たところ、休憩用の客間といったところだ。それほど広くはないが、部屋にはソファやテーブル、ベッドもある。

「実は少々遅れが出ていまして……」

「遅れ…？　大丈夫なのか？」

「申し訳ありません。準備が整い次第、お呼びいたしますので……」

「……わかった」

案内役の男は重ねて謝罪すると、すぐに出て行ってしまう。

こうも物事が滞《とどこお》るなんて何があったのだろう。遠ざかる足音に聞き耳を立てながら、リーナは素朴な疑問をシュバルツにぶつけた。

「……お父さま、今夜中に晩餐会は開かれるのでしょうか？」

「さぁな。俺にもさっぱりだ」

「遅れとはなんなのでしょうね。食材が届かないとか、人数分用意できてないとか？　それに、招待されたほかの人たちはどうしているのでしょう？　私たちのように客間で待たされているのでしょうか……？」

「そうだと思うが……」

そんなことを聞かれても、シュバルツだって答えられないだろう。

リーナもそれはわかっていたが、話でもしていないと不安になってしまう。

そう思うのは、この部屋に来るまでに誰一人としてすれ違う者がいなかったからだ。

そのうえ、王宮内はどこを通っても明かりがなく、案内役の彼が持ってきたランプがなければ少しの先も見えないほどだった。自分たちの足音だけが響く長い廊下はあまりにも不気味で、催しが開かれるとは思えないほど静まり返っていた。

「考えても仕方ない。どのみち、俺たちには待つことしかできないんだ」

シュバルツはしばし腕を組んで難しい顔をしていたが、やがて諦めたようにソファにどかっと座った。

「リーナ、今のうちに少し休んでおけばいい。長い時間、馬車に乗って疲れているはずだ。はじめての遠出でずいぶん興奮していたようだからな」

「……っ、は、はい……」

言われた途端、リーナは頬を赤くする。

口ごもりながら、シュバルツの隣にちょこんと腰かけた。

今さらとはいえ、子供のようにはしゃいでいたことが恥ずかしくてならない。

けれど、それだけ楽しみにしていたわけで、肩すかしを食ったような今の状況はやはりとても残念だった。

——コン、コン。

それから少しして、扉をノックする音が部屋に響いた。

先ほどの案内役の男がもう戻ってきたのだろうか。

応対しようとリーナが腰を浮かせると、それより先にシュバルツがソファを離れて扉に向かった。

「あ、あの…、申し訳ありません。少しよろしいでしょうか」

「……なんだ?」

シュバルツが扉を開けると、廊下から遠慮がちな声が聞こえた。

リーナはソファから扉の向こうにじっと目を凝らす。

薄暗くてはっきり見えるわけではないが、扉の向こうには二人いるようだ。

背格好から、一人は先ほどの案内役の男だとわかる。

もう一人のほうは見覚えがないが、シュバルツよりやや背が高い。彼らは部屋の中に入らず、時折シュバルツに頭を下げながらぼそぼそと話していた。

「……、……が、……でして……」

「では…、……のか？　なんでそんなことに……」

「それが……――」

一体、何を話しているのだろう。

ところどころ聞こえるだけで内容まではわからない。

少なくとも、準備ができて呼びにきたといったわけではなさそうだった。

「……わかった。俺のほうでなんとかしてみよう」

「ほっ、本当ですか？」

「あぁ、仕方ない」

「ありがとうございます……っ！」

「礼はあとにしてくれ。俺はまだ何もしていないからな。……と、少し待ってくれ。娘と話してくる」

「は、はい……っ」

話が終わったのか、急に二人の声が大きくなる。

彼らがシュバルツに感謝している様子は伝わってくるが、リーナにはまったく話が見えてこない。きょとんとしていると、シュバルツがソファまで戻ってきた。

「リーナ、おまえの推測が当たったぞ」

「え？」

「どうやら、一部の食材が届いていないらしい。仕入れを担当していた者が戻ってこないそうだ」

「まぁ、それは大変……。事故にでも遭ったのでしょうか」

「それはわからないが、待っていても埒が明かないからな。俺のほうで代わりの食材を用意することにした」

「お父さまが？」

「俺が直接仕入れに行くわけじゃないが、この辺りには商人の仲間が大勢いる。声をかければなんとかしてくれるだろう」

シュバルツの話に、リーナは啞然《あぜん》としてしまう。

適当に言っただけなのに、本当にそんなことになっていたとは思わなかった。

――つまり、あの人たちはお父さまに頼み事をしに来たのね……。

シュバルツは国中の商人たちをまとめる総元締めだ。

声をかけるだけで、多くの者が協力するのは間違いない。

もはや招待客の一人だと言っている場合ではないと、彼らは恥を捨てて頼み込んできたのだろう。

「リーナ、少しの間、一人で待っていてくれるか？」

「はい、わかりました」

「すまないな。こんなときまで、心細い思いをさせて……」

「いえ、いいんです。私のことより、早く行ってあげてください」

「あぁ、なるべく早く戻る。……と、それから、さっきの案内役の彼がもっといい部屋を用意してくれたそうだ。俺もあとで行くから、リーナは先に連れて行ってもらってくれ」

「もっといいお部屋…ですか……？」

「お礼のつもりだろう。どのみち今夜は遅くなりそうだから、王宮に泊まってゆっくりしていけばいいさ」

「は、はい……」

思わぬ話に、リーナは目を丸くして扉のほうを見た。

扉の向こうでは、先ほどの案内役の男が畏まった様子で頭を下げている。

遠出だけでなく外泊も一度もしたことがないリーナにとって、何もかもが驚きの連続だった。

「そうだ。リーナ、これをおまえにやろう。多少の気休めにはなるかもしれない」

「なんですか？」

シュバルツはふと思い出したように自分の懐から何かを取り出している。

首を傾げていると、手を取られて小さな瓶《びん》を渡された。

「……これは？」

「最近、うちで扱うようになった商品だ。不安ならこれを飲んでみるといい。緊張が和らぐと評判なんだ」

「私がいただいていいのですか？」

「あぁ、俺はもう緊張どころではないからな」

「ふふっ、お父さまも緊張していたのですね」

「まぁな。では行ってくる」

「はい、お父さま、行ってらっしゃい」

シュバルツはリーナの頭をそっと撫でると、すぐに身を翻した。

その背中は今まで見たどの瞬間よりも頼もしい。彼の娘として生まれてきたことを心底誇りに思った。

「……それでは、リーナさま。お部屋にご案内いたします」

「あ…、はい。よろしくお願いします」

ややあって、一人残った案内役の男に声をかけられた。

リーナは緊張気味に頷き、言われるまま部屋を出て行く。

シュバルツがもう一人の使用人と去った方向に目を向けるが、すでに誰の姿も見えない。

本当のことを言えば、シュバルツを追いかけたかったが、自分がいては邪魔になるのはわかりきっている。薄暗く、異様な静けさの中、リーナは胸に手を当てて深呼吸を繰り返し、案内役の男と別の部屋へと向かうことにした。

――ところが、それからすぐに、リーナは再び激しい不安に駆られることとなる。

進めば進むほど、辺りが暗くなっていく一方なのだ。

案内役の男の持つランプの灯りを頼りに目を凝らすも、人の気配すらない。

本当にここは王宮なのだろうか。どうして暗いほうにばかり進むのだろう。

いくつも階段を上り、長い廊下をひたすら進んでいく。先ほどの部屋に留まっていればよかったと後悔しはじめたとき、ようやく新たな部屋へと通された。

「こちらでございます」

「は、はい……」

リーナは扉の傍で立ち止まると、中の様子をじっと見つめる。

ふかふかの絨毯《じゅうたん》。窓際にはテーブルとソファがあり、奥のほうには天蓋《てんがい》付きの大きなベッドが置かれていた。

しかし、先ほどよりいい部屋かと言われるとよくわからない。

家具が豪華になったとか、そういった違いはあるのだろうが、部屋が暗すぎて確かめるどころではない。部屋は広くなったようだけれど、わざわざ移動する必要があったのかと疑問に思うほどさしたる違いはなさそうだった。

「あ、あの…、ベッドは一つしかないのですか？」

「はい、そうでございます」

リーナの質問に答えながら、案内役の男はテーブルにランプを置く。

テーブルの周辺がぼんやりと明るくなったが、それだけでは心許なさを感じた。

——なら、お父さまと一緒に寝ることになるのかしら……。

もしかしたら、シュバルツにはほかに部屋が用意されているのかもしれないが、それさえ聞くことができない。知らない男性と暗い部屋に二人きりという状況で、思いのほか緊張していたのだ。

「それでは、私はこれで失礼いたします」

「……あ、はい……」

やがて、案内役の男が扉のほうへと向かう。

部屋を出て行くのだと思い、リーナは邪魔にならないように少し横に移動した。

けれど、男はなぜかリーナのすぐ傍で足を止める。おずおずと見上げると、数秒ほど観察するような視線を向けられた。

——な、なに……？

リーナは思わず身を固くする。

すると、男はそこで扉に手をかけ、何事もなかったかのように部屋を出て行く。無駄のない動きで一礼し、そのまま静かに扉が閉められた。

パタン…、扉の閉まる音がやけに大きく響き、足音が徐々に遠ざかっていく。

リーナはしばし息をひそめてその場を動かずにいたが、しばらくすると部屋の外からはなんの音も聞こえなくなる。そこで自分だけになったことに安堵し、ほぅ…っと大きく息をついた。

どうして、あんなふうに全身をじろじろ見られたのだろう。

どこか変なところがあったのだろうか。

リーナはドレスの裾《すそ》を引き上げたりしてみたが、自分ではわからない。

テーブルのほうに行って、ランプの灯りで確かめてみたが特に変なところは見当たらなかった。

「……気のせいだったのかしら」

シュバルツと離れて急に一人になってしまったから、神経が過敏《かびん》になっているのかもしれない。

思えば、先ほどの男はお礼のつもりで大きな部屋に替えてくれたのだ。

それなのに、部屋が暗いだとか失礼な感想を抱いてしまったのは素直に反省すべき点だった。

——とりあえず、落ち着こう……。

リーナは無駄に力の入った身体を緩めるために肩を上下させる。

ふと、窓のほうに目を向け、何げない気持ちでカーテンを開けてみた。

しかし、夜空に浮かんだ半月は、風の流れですぐに雲がかかって見えなくなってしまう。

窓の下を見ても、真っ暗で何があるのかわからない。一瞬で心細くなって、リーナはさっとカーテンを閉めた。

「あ、そうだわ。これを飲めば少しは……」

不安が募る中、リーナは不意にシュバルツからもらった小瓶のことを思い出す。

ずっと手に握り締めたままでいたから、中身が温くなっているかもしれない。

リーナは藁《わら》をも摑む気持ちで小瓶の蓋《ふた》を開け、躊躇うことなく中の液体をコクコクと飲みはじめた。

「……ん」

甘くて美味《おい》しい。

それに、芳《かぐわ》しい匂いがした。

リーナはあっという間に小瓶の液体を飲み干し、胸に手を当てる。

これで少しは気持ちが落ち着くかもしれない。

緊張が和らぐと評判だとシュバルツが言っていたから間違いないはずだ。

本当は心細くて仕方なかったけれど、無理やりでも自分に言い聞かせていないと恐怖に負けてしまいそうだった。

——コツ…、コツ……、コツ……。

と、そのとき、遠くのほうから足音が聞こえてきた。

普通なら気づきそうもない小さな音だが、異様に静かだからこそ耳に届いたのだろう。

その足音は少しずつ大きくなって、こちらに近づいているようだった。

リーナはカーテンを握り締め、息を殺して扉のほうに顔を向ける。部屋の前で足音が止まり、ギィ…と軋んだ音がして扉が開いた。

廊下に佇む黒い影。

灯りも持たずにここまで来たのか、リーナのいる場所からでは影の輪郭《りんかく》すらはっきり見えなかった。

「……どなたですか？　お父さま……ですか？」

勇気を振り絞《しぼ》って問いかけると、ゆらりと影が揺らいだ。

なぜだか、こちらを見ているのがわかる。リーナがカーテンを摑む手にさらに力を込めた直後、その影はゆっくりと動き出した。

──どうして返事をしてくれないの……？

一歩近づくごとに影の輪郭が見えてくる。

リーナはテーブルに置かれたランプの灯りを頼りにじっと目を凝らす。

とても背の高い人だ。それに肩幅が広い。男性だということは想像できたが、問いかけに対する反応はまったくない。

わかるのは、そこにいるのがシュバルツではないということだ。

雰囲気が違う。服装も違う。おそらく、先ほどの案内役の男でもない。

やがて、ランプの灯りでその姿が確かなものになっていく。すぐ傍で立ち止まり、じっと見下ろされた途端、リーナはこくっと喉を鳴らした。

肩から零れ落ちる黒髪。涼やかな瞳、高い鼻梁《びりょう》に形のいい唇。

どこか違う世界に迷い込んでしまった錯覚に陥りそうなほど、男は独特の空気を身に纏っていた。若く見えるが何百年も生きていると言われても納得してしまうくらい、その美貌も浮き世離れしたものだった。

——前にもこんな感覚になったことがあるような……。

リーナは男を見上げながら、考えを巡らせる。

しかし、不意に頬を撫でられて、そこで思考は中断してしまう。

間近に近づく秀麗な顔に金縛りにあったようになり、声を上げる間もなく唇を奪われていた。

「……っ!?　ん…ぅ……っ！」

自分の唇を塞ぐ柔らかな感触に、リーナは大きく目を見開く。

息が苦しくなって身を捩ろうとしたが、手を取られて窓際に追い詰められる。

窓に背中を押しつけた状態で繰り返し唇が重ねられたが、あまりにも唐突でこれが口づけだとすぐには気づけなかった。

「んッ、んん…ぅ…、っん……ッ」

角度を変えて唇が塞がれるたびに部屋にくぐもった声が漏れる。

呼吸すらままならない中、リーナは空気を求めて喘ぐことしかできない。

心臓が激しく拍動し、身体中の温度が一気に上昇していく。

だが、目眩を起こしかけたそのとき、男は僅かに唇を離し、リーナの唇に湿った吐息がかかった。

「――ッ」

その瞬間、リーナは全身をぶるっと震わせる。

突然、身体中の肌がざわついて、奥のほうから何かが込み上げるのを感じたのだ。

――今のは、なに……？

肩で息をしながら呆然と男を見つめると、ややあって、その形のいい唇がゆっくりと動いた。

「この程度で大袈裟な反応だ。まだ何もはじまってもいないというのに」

「え……」

「ここに来た時点で、こうなることはわかっていたはずだ」

「……どういう……、ン…ぅ……、……ッ!?」

抑揚のない低い声。感情の読めない表情。

意味がわからず聞き返そうとしたが、途中でまた唇を塞がれてしまう。

しかも、今度は先ほどとは違って口の中に舌を入れられていた。

驚いて顔を背けようとするも、舌が搦《から》め捕《と》られて蛇のように巻き付かれる。リーナはくぐもった声を漏らして必死で抵抗しようとしたが、男は口づけながら強引に抱き上げ、ベッドに向かって歩き出した。

「んんぅ…っ、あ……ッ」

――こうなることって？　この人は、なんの話をしているの？

混乱しているうちにベッドに放られ、リーナは呆気なく男に組み敷かれる。

のしかかられた状態で見つめられて、ますます鼓動が速まっていく。

身を捩ろうとしても、なぜだか身体が動かない。男がリーナの首筋に顔を寄せ、黒髪が肌を掠めた途端、何かが全身を突き抜けたような衝撃が走った。

「ひあぁ……っ!?」

リーナは甲高い嬌声を上げて喉を反らす。

首筋に口づけられると、また全身の肌がざわついた。

——どうして？　私、どうしてしまったの……？

どんどん呼吸が激しくなって、リーナの身体は燃えるように熱くなる。

男は身を起こし、なんの了承も得ずにリーナのドレスを脱がしていく。

新調したばかりの水色のエンパイアドレス。はじめての遠出が嬉しくて、馬車の中ではしゃいでいた少し前の自分の姿が頭を過った。

「あぁぅ…、ひっ、あっあぁぁ……っ」

こんなことをするために来たわけではない。

何かの間違いだと突き飛ばそうとしたが、やはりどうしても力が出ない。

『やめて』と言おうとしただけなのに、ドレスの生地で肌が擦れた刺激で喘ぎ声を上げてしまっていた。

——どこから、こんないやらしい声が出ているの……？

羞恥で顔が熱くなるのを感じながら、それでもリーナは藻掻《もが》こうとした。

しかし、男は難なくドレスを脱がすと、淡々とした動きでドロワーズの腰紐を解いて裾を引っ張る。ドロワーズはずるずると引きずり下ろされ、あっという間に足首を抜けてベッドの隅に放り投げられた。

「や、あ…ッ、あぁぅ……ッ」

男はすぐさまリーナの脚を広げて、自身の身体を割り込ませる。

必死で脚を閉じようとしたが、太股が微かに震えただけでほとんど動かない。

その間に、男はリーナの足首を摑んでさらに開脚させてしまう。太股の感触を確かめながら、徐々に上に向かって指を滑らせていった。

「ひあぁぁ……ッ！」

やがて、男はなんの躊躇いもなくリーナの秘部を指先で突く。

全身を駆ける衝撃にリーナは悲鳴に似た嬌声を上げたが、それに構うことなく男は中心に指を差し入れる。入り口付近を何度か指の腹で擦り上げると、ずぶずぶと奥のほうまで突き刺し、いきなり出し入れをはじめた。

「なんだ。やけに過剰に反応すると思えば、もう準備ができていたのか」

「ああっ、いああ……っ！」

「身体も異様に熱いな。まだ大したことはしていないはずだが、次から次へと蜜が溢れてくる。こんなに柔らかいのに、指をきつく締め付けて放そうとしない」

「……っく、ぅ……、あ、あぁ……ぁ……」

「いつからこうなっていた？　口づけたときか？　それとも、私が部屋に来たときにはすでにこうなっていたのか？」

「や、あ……っ、あっあっ、あっああ……ッ」

「リーナ、答えられないのか？」

「……ッ、ひぅ…ン……」

耳元で名を囁かれ、ぞくぞくとお腹の奥が震える。

彼はなぜ自分の名を知っているのだろう。

一瞬だけ頭の隅で疑問を感じたが、まともな思考は呆気なく霧散した。

男の指が内壁を行き交うだけで止めどなく蜜が溢れ出し、部屋中に淫らな水音と嬌声が響き渡る。どうしてこれほど敏感に反応してしまうのか、思うように身体が動いてくれないのか、そもそもこの男は何者なのか……。僅かに残っていた冷静さも、怒濤《どとう》の如く押し寄せる快感には為《な》す術《すべ》もなかった。

「あぅ……ッ、……ンッ、あっ、あぁっああ……っ」

身体が熱い。自分のものとは思えない声が勝手に出てしまう。

男は激しく乱れるリーナの痴態《ちたい》をじっと見つめながら、内壁を刺激し続けていた。

段々と追い詰められ、どんどん呼吸が荒くなる。何かが迫り上がる感覚に身を任せてしまいたくなった。

「やっ、あぁあ……っ！」

ところが、リーナの下腹部がびくびくと痙攣《けいれん》しはじめると、途端に指を引き抜かれてしまう。唐突に内壁の刺激を中断されたことに驚き、リーナが悲鳴に似た声を上げたのを見て、男はやや唇を歪めて身を起こした。

「少し待っていろ」

「……ぁ…、っは、あ…、あ……っ」

男は自身の上着を脱ぎ去り、ゆったりしたシャツのボタンを片手で手早く外していく。

リーナは肩で息をしながら、その動きを目で追いかける。

徐々にあらわになる滑らかな鎖骨の線、逞《たくま》しい胸筋。

シャツを脱ぎ去ると引き締まった腹部までが空気に晒され、均整の取れた彫像のような肢体に目が釘付けになった。

だが、男が下衣を寛がせると、隆起した雄芯まであらわになってリーナは思わず息を呑む。

はじめて目にする男性の性器に驚きを隠せない。

欠片ほど残っていた理性が逃げるように警告していたが、少し手を動かしただけでシーツが肌に擦れたその刺激で力が抜けてしまう。

そうこうしているうちに、男にのしかかられて乳房を揉《も》みしだかれた。

色づく蕾を甘噛《あまが》みされ、舌で嬲《なぶ》られただけでリーナの身体も頭の芯もドロドロに蕩けていく。程なくして、濡れた秘部に猛りきった先端をあてがわれる。間髪を容れずに内壁を押し開かれた瞬間、リーナは大きく目を見開き、自分の中で何かがぷつんと切れるのを感じた。

「あっああぁ——……ッ！」

鈍い痛みと強い圧迫感に、リーナは喉をひくつかせて喘ぐ。

何が起こったのか理解できないほど一瞬の出来事だった。

しかし、男の動きはそれだけでは止まらない。

最奥の感触を確かめるように腰を揺らし、自身の先端で掻き回していく。

リーナが無意識に熱を締め付けると、男は苦しげに眉を寄せ、噛みつくように首筋や乳房に口づけながら、激しい抽送をはじめたのだった。

「あ…ぁっ、あっあぁ……っ」

苦しい、熱い。涙が止まらない。

本能の赴くままに身体を揺さぶられ、リーナの頬にぽろぽろと涙が伝う。

けれど、これがなんの涙かは自分でもよくわからなかった。

悲観的になれるほどの理性はすでにない。

痛みも圧迫感も、内壁を刺激されるごとに違うものへと塗り替えられていく。

男が息を乱し、それが首筋にかかるだけで中心から蜜が溢れてくる。

抽送のたびに艶やかな黒髪で肌が擦られ、たったそれだけのことで下腹部が切なくなって男の熱棒を締め付けてしまう。刺激となるものはすべて強烈な快感へと変わり、何一つあらがえなかった。

——私の身体、壊れてしまった……。

ぼんやりと男を見上げると、淫らに濡れた瞳と目が合う。

薄く開いた唇から覗く舌がいやらしくて、ぞくんと背筋が粟立《あわだ》った。

すると、男はいきなり口づけてきて、なまめかしい動きでリーナの舌を己の舌で愛撫する。それが気持ちよくてリーナは男の舌に自ら吸いついたが、もはやそうすることに疑問もなくなっていた。

口づけどころか、身体のどこを触られても気持ちがいい。

秘部を貫かれて擦られることは頭がおかしくなりそうなほどの快感だった。

「あっあっあっ、ああ…っ、あっ、あぁぁああ……ッ」

次第に目の前が白んできて、リーナはさらに激しく喘ぐ。

部屋に響くのは、リーナの嬌声と肌と肌がぶつかる音、それから男の乱れた息づかいだけだ。

二人の間に一切の会話はなく、ただひたすら快楽を求め合っていた。

いつしか全身を小刻みに揺さぶられるようになり、リーナは喉をひくつかせてぶるぶると内股を震わせる。行き交う熱塊を断続的に締め付けると、男は掠れた呻きを上げてリーナの奥をさらに激しく突き上げてきた。

「ひ…、あ……」

「──っく」

「……ッ、あぁぁあ──…ッ！」

瞬間、リーナの身体は大きく波打ち、悲鳴に似た嬌声で乱れ啼く。

唐突に訪れたはじめての絶頂に全身が硬直し、ぽろぽろと涙が零れ落ちる。

ややあって、びくんびくんと下腹部が痙攣すると、男もリーナの最奥に精を放って身を固くした。

骨が軋むほど抱き締められ、息をするのもままならない。

リーナは自分の身に何が起こったのかもわからぬまま、小さな喘ぎ声を上げ続ける。

男の動きが止まっても狂おしいほどの快感はなかなか引かず、どちらのものかもわからない拍動を耳にしながら、虚《うつ》ろに天井を見上げていた。

「……ん、……ぁ、……あ……」

少しして、男がゆっくり身を起こす。

内壁が擦れて声を上げると、指先で唇を触られた。

男の瞳はまだ濡れ光っていたが、ほんの少し前まで激しい動きをしていたとは思えないほど涼やかな表情をしている。

この人には喜怒哀楽があるのだろうか。

無言で見つめ合っているうちに、今度は唇を奪われた。

舌を搦め捕りながらも、男の視線はリーナから逸れることはない。長い口づけは男の熱が力を取り戻すまで続けられた。

「んぅ…、っあ……、や……」

最奥を先端で刺激され、リーナは肩を震わせて身を捩った。

あれで終わりだと思っていたから、続きがあるとは想像もしていなかったのだ。

堪らず逃げようとすると、男はリーナの腰を摑んで僅かに唇を歪める。円を描くように腰を揺らして、抑揚のない低い声で囁いた。

「まだはじまったばかりだろう？」

「……や…あ……ぅ」

「すべてはここからだ……」

「あ…、んぅ、あぁ……っ」

男は囁きながら内壁を擦り、奥をそっと突く。

こんなこと、何度もしたらおかしくなってしまう。

そう思うのに、リーナの身体はみるみる熱くなっていく。

首筋をきつく吸われ、赤い痕をつけられるたびに全身の肌がざわついた。

「っは、あぁあ…、あっ、あ……ぁ……」

自分の身体なのに、まったく制御することができない。

言葉を発しようとしても喘ぎ声にしかならず、肌がシーツに擦られて敏感になってしまうから安易に動くこともできなかった。

気づけば身体の奥で燻っていた熱が再び頭をもたげ、内壁を軽く突かれただけでお腹の奥がうねり出す。息苦しいほどの口づけにリーナの意識は徐々に混濁《こんだく》していき、部屋には律動による衣擦れの音と嬌声が響きはじめた。

長い長い夜だった。

永遠に続きそうなほど果てしない時間だった。

けれど、このときのリーナはまだ何もわかっていなかったのだ。

男の言葉の意味を――、これがはじまりに過ぎなかったことを何一つ理解していなかった。

第四章

闇夜に隠れるように繰り返された淫らな情事。

甘い睦言《むつごと》を囁くでもなく、それはただひたすらに快楽を貪《むさぼ》る行為でしかなかった。

指一本も動かせないほど疲弊《ひへい》する中、男がようやくリーナを解放したのはカーテンの隙間から暁光《ぎょうこう》が漏れはじめた頃だ。

「――う…、ん……」

僅かな光を感じながら、気絶するように意識を手放してどれほどの時間が流れたのか。

深い眠りからリーナを呼び戻したのも、瞼の向こうに感じる日の光だった。

――ここは……？

重い瞼をこじ開け、リーナはぼんやりと瞬きを繰り返す。

目の前には金糸で織られた布があり、それが天井から下がっている。

自分が天蓋付きのベッドにいることは漠然と理解したが、それ以上はなかなか頭が働かない。ここが自分の部屋でないことにはすぐに気づいたものの、全身が異様にだるくて起き上がるのも億劫でならなかった。

「……今…、何時……」

それでも、なんとか身を起こして天蓋の布を横に引く。

ダマスク柄の壁。赤い絨毯。

窓辺には高級そうなテーブルとソファが置かれていた。

だが、ほかには何もない。シンプルと言えば聞こえはいいが、部屋が広すぎるせいか殺風景な印象のほうが強かった。

——この部屋は……。

ふと、昨夜の記憶の断片が頭に蘇《よみがえ》り、リーナは身を固くする。

生まれてはじめての遠出。迎えの馬車に乗ってシュバルツと王宮にやってきたこと、途中でシュバルツと離ればなれになったことや、お礼として用意されたこの部屋に移動したことが次々と頭に浮かんだ。

当然、それ以外にも覚えていることはあった。

不意に現れた黒い影。目の前に立つ恐ろしく美しい男。

突然の口づけに混乱するうちにベッドに押し倒され、呆気ないほど簡単に純潔を奪われたことを——。

「う、嘘…、そんなわけ……っ」

リーナは咄嗟に声を上げ、慌ててベッドから下りる。

あんなこと、現実に起こるわけがない。

頭の中で快感に喘ぐ自分の嬌声が響いていたが、すべて夢だと言われたほうが遙かに現実味があった。

「……ン…っ」

けれど、リーナはベッドから離れた直後によろめいてしまう。

秘部から溢れ出た体液が太股を伝ったのだ。

下腹部に微かな痛みも感じて、リーナは息を詰めて自分の身体を抱き締める。

その瞬間、手のひらが直接乳房に触れて自分が裸でいることに気づき、蒼白になってがくがくと脚を震わせた。

——あれは現実だったんだ……。

ほかでもない、自分自身の身体に現実を突きつけられて、後ろから頭を殴られたようだった。

リーナはおそるおそるベッドのほうを振り返る。

目を凝らしたが、ベッドには誰もいない。今さらながら部屋の中も見回したが、あの男の姿はどこにもなかった。

あの男は何者だったのだろう。

晩餐会に招待された一人だったのだろうか。

だとしても、どうして自分にあんなことをしたのか。

晩餐会はどうなったのか、あれから父はどうしたのか、そもそもここは本当に王宮なのか……。止めどなく疑問が頭に浮かんだが、いくら考えたところで今は答えを得る術がなかった。

——今は、あれこれ考えるのはやめよう……。

もしも、あの男がここに戻ってきたらどうするのだ。

触れられただけで身体が動かなくなって、きっとまた思いどおりにされてしまうに違いなかった。

どうせなら、ここから逃げる方法を考えよう。

リーナはベッドの横に落ちていた水色のエンパイアドレスを急いで着ると、窓から外を覗いてみる。ここから飛び降りることはできないかと期待したが、想像以上に地面までが遠い。

そういえば、この部屋に来るまでに階段をいくつも上ってきたのだ。

これでは窓から飛び降りても自殺行為にしかならない。さすがにそんな覚悟まではできておらず、リーナはため息混じりに扉のほうに向かった。

——扉に体当たりして突破できないかしら……。

それが無理でも、外に人がいれば物音に気づいて助けてもらえるかもしれない。

取っ手を摑んで無意識に回すと、キィ…と微かな軋みを上げて扉が開いた。

「……え？」

鍵がかかっていない。

予想外の展開に、リーナは思わず目を瞬かせる。

てっきり閉じ込められていると思っていたからどうしていいかわからない。

しかし、それなら普通にここから出ればいいだけではないのか。リーナは気持ちを切り替えると、廊下に出て辺りの様子を窺った。

辺りに人の姿はなく、部屋の外も驚くほど静かだ。

この階にはほかに部屋がないのか、左側は行き止まりになっていて右側には長い廊下が続いているだけだ。その先がどうなっているのか、外に出られるのかは定かではないが、ここで躊躇っていてもなんの解決にもならない。

「行ってみるしかないわ……」

リーナは意を決して廊下を進んだ。

けれど、一歩進むごとに足音が響いて、得も言われぬ緊張を感じてしまう。

なるべく音を立てないように意識しても、水を打ったような静けさの中では難しい。逆に考えれば、自分以外に誰かがいてもすぐに気づけるだろうから、そこまで過敏になる必要はないのかもしれなかった。

それでも、早くここから出たくて、少しずつ早歩きになっていく。

いつしか駆け足になり、リーナは息を切らせて長い廊下を走っていた。

やがて行き止まりになったが、そこには扉がついている。

リーナは迷うことなくその扉を開けると、肩で息をしながら辺りを見回した。

――長い廊下の先が、こんなに広いフロアになっていたなんて……。

昨夜もここを通ってきたのかはわからないが、あまりの広さに圧倒されてしまう。あの暗さでは天井の高さも美しい柱の装飾にも気づくことはできなかった。

「やっぱり、ここは王宮なのかも……」

シュバルツに連れて来られたとはいえ、どこか信じ切れずにいたのだ。

自分たちが通ってきた裏門は明かりがほとんどなく、異様な静けさに包まれていたし、建物の中に案内してくれた男も言葉少なで、想像していたような賑やかな場所ではなかったからだ。

――お父さまは、どこに……。

この建物のどこかにシュバルツもいるのだろうか。

リーナは左右を見回し、階段らしきものがある左側へと走り出す。

思ったとおり、そこには階下への階段があったので急いで下っていく。こんなに走ったのははじめてで息が苦しかったが、なりふり構っていられなかった。

「――リーナ？」

「……ッ!?」

ところが、ちょうど一階分下りた直後、突然誰かに名を呼ばれた。

リーナはびくっと肩を揺らし、思わず足を止める。

どうしてこんなところに自分を知っている人がいるのだろう。

一瞬、あの男に見つかったのかと焦ったが声が違う。覚えのある声音に、リーナは息を乱しながら振り返った。

「リーナ、やっぱり君だったのか」

「……スチュワード…さま……？」

「似ている女性がいると思ったら……。驚いたよ、こんなところで何をしてるんだい？」

穏やかな優しい声。にこやかな笑顔。

まさか、ここでスチュワードに会うとは思わなかった。

知っている人に会えたことで、気が緩んだのかもしれない。急に感情が込み上げてきて、リーナは唇を震わせた。

「……リーナ？」

「あ…、いえ……。その…、父と来たんです。晩餐会に招待されて……」

「晩餐会？」

「そうです。昨日の晩餐会に……」

「……昨日……？」

リーナの返答に、スチュワードの笑顔が消えていく。

彼は眉を寄せて黙り込み、考えを巡らせるように天井を見上げていた。

どうしてそんな反応をするのだろう。不思議に思っていると、スチュワードはぎこちなく答えた。

「何かの間違い…、じゃないかな。昨日は晩餐会なんてなかったよ」

「え……」

「これでも一応近衛隊の隊長なんでね。王宮にはほぼ毎日来ているし、ここでの催しもほとんど把握している。晩餐会なら各地から要人が訪れるはずだ。近衛隊は陛下のお傍に控える必要があるから、知らされないわけがないんだ」

「で、でも……」

スチュワードの話にリーナは動揺が隠せない。

そういえば、彼は近衛隊の隊長だと言っていた。王宮にいつもいるなら、こうしてばったり会うのもあり得ないことではなかったのだろう。

けれど、その彼が昨日は晩餐会などなかったと言っているのだ。

ここが本当に王宮だということがはっきりしたのはいいが、余計に訳がわからなくなってくる。晩餐会に招待されたと言うからシュバルツと王宮まで来たのに、『何かの間違い』と言われても素直に納得できなかった。

「ところで、君の父上はどこにいるんだい？」

「そ…、それが……」

「もしかして、はぐれてしまった？」

どうやら、晩餐会については否定しても、シュバルツと来たということは疑っていないようだ。

するとスチュワードは「そうだったんだね」と目を細めて微笑んだ。

どう説明すればいいのかわからず、リーナは曖昧に頷く。

この状態を、はぐれたと言うのだろうか。

「……え、えぇ」

「よければ、一緒に探そうか」

「え…、いいのですか？」

「王宮はとても広いからね。迷ってしまうのは無理もない」

「……ッ、ありがとうございます……っ」

スチュワードが一緒なら父もすぐに見つかるかもしれない。

心強い味方を得て、リーナは大きく胸を撫で下ろす。判然としない気持ちはあったが、今はひとまず気持ちを切り替えることにした。

「――あっ」

だが、そのとき、不意にスチュワードの意識が逸れる。

見れば、彼は階下に顔を向けていて、その後素早い動きで壁際に移動すると背筋をぴんと伸ばした。リーナは突然の行動にぽかんとしていたが、やがてスチュワードの視線の先に目を移す。

「――ッ!?」

瞬間、リーナの喉がひゅっと鳴って身が強ばった。

いつからいたのか、階下の踊り場には複数の男が佇んでいた。

その中心には朝方まで自分を抱いていた男がいて、こちらをじっと見上げていたのだ。

「……い…、いや……」

リーナは首を横に振って後ずさった。

本当はスチュワードに助けを求めるべきだったのかもしれない。

しかし、一刻も早く逃げなければという気持ちが先に立ち、リーナは咄嗟に階段を駆け上っていた。

「リーナ、どこへ…っ!?」

後方から、スチュワードの声が聞こえてくる。

けれど、複数の足音が迫っていたから、とてもではないが止まれなかった。

なぜ複数の足音に追いかけられているのだろう。頭の隅で疑問に思ったが、リーナは無我夢中で階段を駆け上がっていく。ただただ必死だったから、振り返る余裕などありはしなかった。

「あっ、いやっ、放して……ッ!」

だが、一階上まで駆け上がったところで呆気なく追いつかれてしまう。

右腕を摑まれ、リーナは慌てて振り払おうとした。

そこでもう一人に左腕を摑まれ、さらにもう一人が前に立ちはだかってくる。三人の男に追いかけられていたことに気づいて絶望を感じたが、それでもリーナは懸命に藻搔いた。

「いやッ、いや……っ」

「いけません。お怪我をされては大変です」

「や…ッ、いやあ……っ！」

「どうか落ち着いてください。我々は危害を加えるつもりはありません」

「……っ!?」

激しい抵抗をしていたリーナだったが、不意に自分を諫める声に息を呑む。

あの男の声ではなかったが、聞き覚えがあったからだ。

リーナは、摑まれている自分の右腕に目を落とし、ぎこちなくその人物の顔を見上げた。

——どうして……？

何がどうなっているというのだ。

どうして昨夜の案内係がここにいるのだろう。

なぜ彼が自分を追いかけてきたのか、こんなふうに自分を捕まえているのか、まったく理解が追いつかなかった。

「……、……ぁ……」

ところが、リーナの意識はそこで別のほうへと逸れてしまう。

あの男が、階下から上がってきたのだ。

男は少しも急ぐことなく、悠然とこちらに近づいてくる。

身を固くしていると、リーナの周りにいた男たちがすっと離れていく。

一瞬、解放されたのかと思ったが、差し出すようにとんと背中を軽く押され、よろめいたところを男に抱き留められた。

「……っ」

呆気なく舞い戻った腕の中、リーナは言葉もなく男を見上げた。

男もリーナを見つめ返し首を傾けると、肩から零れ落ちた艶やかな黒髪が頬を掠める。

今にも呑み込まれてしまいそうな妖艶な碧眼に、リーナは金縛りに遭ったように動けなくなってしまった。

「一体、これはどういう……」

と、そこでスチュワードの呟きが耳に届いた。

わけもわからず、彼も追いかけてきたのだろう。スチュワードは階段を上がったところで眉をひそめていた。

「……たわいもない遊びだ。おまえが気にすることではない」

男はスチュワードを一瞥して低く答え、リーナの腰に腕を回す。

こんな状況を見られているのに、男は少しも動じていない。何事もなかったかのように歩き出すと、スチュワードの声が後方から響いた。

「陛下……っ！」

「――ッ」

リーナは思わず肩をびくつかせる。

――今…、なんて……？

スチュワードを振り返ろうとしたが、後ろにはリーナを捕まえた三人の男がいて確かめることもできない。

ややあって、腰を抱く腕にぐっと力が入って前に進むよう促される。

頭が真っ白になって、リーナはただ前に進んでいく。

気づけば、目の前には扉があり、案内役の男がそれを素早く開けた。

長い廊下が視界に入り、来た道を戻ろうとしているのだと漠然と思っていると、扉を閉める音が虚《むな》しく響く。頭のどこかでスチュワードの助けを期待していたが、最後まで彼が追いかけてくることはなかった。


「それでは陛下、我々はここで失礼いたします」

「……あぁ」

それから程なくして、リーナたちは部屋に戻っていた。

三人の男たちは中に入ることなく、畏まった様子ですぐに立ち去ってしまう。

彼らが何者なのかまではわからないが、案内役の男も本当は違う立場であることは間違いなかった。

しんと静まり返った部屋の中、リーナはまた例の男と二人きりになっていた。

さまざまなことが起こりすぎて思考がまとまらない。

呆然としていると、不意に腰を強く引き寄せられた。

「あの男と、逢い引きをしていたのか？」

「……ンッ」

いきなり耳元で囁かれて、リーナは思わず声を上げた。

鼻にかかったような自分の声に驚き、慌てて口を引き結ぶ。男は微かに口元を歪めると、リーナの唇を指先で軽く引っ掻いた。

「おまえは、あの男……、スチュワードを気に入っているのだろう？」

「……え？」

「不埒なことだ」

「ん…ぅ」

男は呆れたように息をつき、リーナの口に人差し指を差し込む。

そのまま指先で舌を突き、さらに奥に入れて舌の上を擦り上げる。

淫らな動きに背筋がぞくっとしたが、今の言葉が引っかかってリーナは男のなすがままになっていた。

『――おまえは、その男が気に入ったのか？』

頭に浮かぶのは、一か月前のシュトリからの手紙だ。

そんなわけはないと考えを打ち消そうとしたが、リーナは彼以外にスチュワードの話をしていない。そもそも、今の男の言葉は前提となるやり取りがなければ出てこないものだった。

「……シュトリ」

そのとき、男がぽつりと呟いた。

「……っ」

リーナは目を見開いて、息を震わせる。

そこで男はふと窓のほうに目を向け、リーナの口に入れた指を引き抜いて窓辺に向かった。

──今、シュトリって……。

その背中を目で追いかけていると、窓の外を突然何かが横切るのが見えた。

自然とリーナも窓の外に意識が向き、横切った辺りに視線を彷徨わせたとき、大きな鳥が姿を現す。

大型の猛禽類、雄々しい鷹の姿だった。

その鷹は部屋の周辺を行ったり来たりしていたが、男が窓を開け放って指笛を吹くと、狙いを定めた様子で向きを変える。

──ここに、来ようとしているんだわ……。

既視感を覚える情景に、リーナは思わず目を見張った。

鋭い金色の瞳、黄色い脚に鋭い爪。全体的に黒い羽毛に覆われているが、尾は白く、両翼は一部がまだらな焦げ茶色になっていた。

ややあって、その鷹はバサバサ…ッと大きな羽ばたきの音と共に部屋の窓へと降り立ち、堂々とした姿を見せる。その姿はこの五年間、シュトリからの手紙をずっと運んでくれた鷹と驚くほどにそっくりだった。

「……フェネ…クス……？」

リーナは声を震わせながら問いかける。

鷹は首を捻ってこちらを見たが、すぐに男のほうに意識を向けてしまう。

男が鷹の顎の辺りを指先でくすぐると、「ピィ」と雛鳥のような甘え声を上げてうっとりと目を閉じる。ひと目見ただけで男に懐いているとわかる光景にリーナは言葉を失っていた。

「この鷹の名は、本当はシュトリと言うのだ」

「え……」

「フェネクスは…、私のほうだ。おまえには名を入れ替えて教えていた」

「……名を…、入れ替え……？」

「あぁ、シュトリを多少混乱させてしまったかもしれないが……。とはいえ、シュトリは私の名などもう覚えていないだろう。私をフェネクスと呼ぶ者がいなくなってから、ずいぶん経った」

そう言って、男は鷹の頭をそっと撫でる。

相変わらず抑揚のない話し方だが、その横顔は心なしか優しい。

鷹のほうもすっかり油断しきって、羽がぶわっと広がってもこもこになっている。

リーナはごくっと唾を飲み込み、男の横顔を食い入るように見つめた。

——この人が、あのときの男の子だというの……？

しかし、五年前の面影を探ろうにも、たった一度会っただけの少年がどんな顔立ちだったかまでは、さすがにはっきりとは覚えていない。

ただ、男の子というには綺麗すぎて、浮き世離れした容姿だったという印象だけは強く残っている。喜怒哀楽があまりなくて、感情が読みづらいと感じたこともなんとなく記憶していた。

——シュトリがフェネクスで、フェネクスがシュトリで……。

考えれば考えるほど頭の中が混乱していく。

五年間、彼とはずっと手紙のやり取りを続けてきた。

彼からの手紙はいつもとても短かったけれど、リーナのほうはどんな些細な出来事でも伝えてきた。

男だとか女だとか、そんなことは気にしたこともない。

自分にとって、彼はたった一人の友達だった。

大事だった。なくしたくない相手だった。

一か月も手紙が来ないことが、寂しくてならなかったのだ。

名を入れ替えて教えられていたなんて、ショックで仕方なかった。

けれど、それすら瑣末《さまつ》なことと思えるほど、彼をあのときの少年だと受け入れたくない気持ちで溢れそうになる。受け入れた途端、大切にしてきたものを失ってしまいそうだった。

「あ…、あなたの目的は……？」

「目的？」

「どうして、私にあんなことをしたの……？　あ…、あんなこと……、一体なんのつもりで……」

リーナは自分の手をぐっと握り締め、やっとのことで声を絞り出す。

スチュワードやほかの男たちが、彼を『陛下』と呼んでいたことも一層重く胸にのしかかる。

だが、たとえそうだとしても、何もかもが理解できない。

晩餐会と偽ってまで、どうしてリーナを王宮に呼び寄せたのか。あんなふうに抱く理由などわかるわけがなかった。

「……白々しいことを」

しばしの沈黙のあと、彼は深いため息をついた。

表情にはほとんど変化が見られないが、どうしてそんな馬鹿な質問をするのかと呆れているような一言だった。

そんなにおかしな質問をしただろうか。

立ち尽くしていると、彼は窓辺から離れてリーナのほうにやってくる。

驚いて後ろに下がろうとしたが、足が固まって動かない。

服の上から自分の太股をつねって刺激を与え、なんとか一歩だけ下がったけれど、その間も彼はどんどん近づいてくる。朝方までの行為が頭から消えない。今捕まれば、また同じことが繰り返されるかもしれなかった。

「い、いや……っ、――あっ」

不意に腕が伸ばされて、リーナはもう一歩後ろに下がる。

しかし、距離は広がるどころか縮まるばかりで、呆気なく腕を摑まれて強い力で引き寄せられてしまう。

リーナは彼の胸の中で首を横に振るが、その想いはまるで通じない。

強ばる身体を抱き上げると、彼はそのままベッドへと向かった。

「お願い、お願い……っ」

「……それは何に対する願いだ？」

「こ…、これはきっと何かの間違い……」

「なんの話だ」

「わ、私…、お父さまを探して……」

「……おまえの父親？」

「お父さまは、どこ……。お父さまにも酷いことをしたの……？」

「何を言っている。誰がおまえの父親に手を出すというんだ」

「そ…、それは……、無事だということ……？」

「ほかにどんな意味がある」

彼の顔を間近で見つめると、僅かに片眉を引き上げる。

後ろめたいことがあれば多少の反応がありそうだが、特に変化は見られない。

父が無事ならそれでいい。酷いことをされていないのならよかった。

リーナは小さく息をつくが、同時に疑問が頭を掠める。だったらどうして自分だけここに残されたのだろうと――。

「話はそれだけか」

「あ…、私……」

「おまえは大人しく私を受け入れていればいい。目的など一つしかない。おまえも、わかっているはずだ」

彼のほうこそ、なんの話をしているの……。

目的がわからないから聞いたのに、それではなんの答えにもなっていない。

一瞬で現実に引き戻され、リーナは唇を震わせた。

どう考えても自分たちの会話は大きくすれ違っていたが、彼はそれに気づかないようだった。

「あ…、やめ……っ」

リーナはベッドに押し倒され、すぐさま首筋に口づけられる。

チクッとした痛みを感じて身を捩ると、無造作にドレスの裾を捲られてあらわになった太股を弄《まさぐ》られた。

——いきなりそんな……っ。

心臓がどくんと脈打ち、リーナは咄嗟に彼の胸を押し返す。

けれど、抵抗した途端、青い双眸に射貫かれて何もできなくなってしまう。

ドレスの裾はさらに捲られ、下腹部まで空気に晒されていく。

すると、彼は僅かに目を見開き、強引にリーナの両脚を大きく開いた。剝き出しになった秘部を指で突き、そのまま縦に擦り上げられる。

「あぁ……ッ!?」

「下着はどうした。何も穿かずにあの男に会いに行ったのか」

「ひ…ぁ、ち…、違……ッ」

「あれだけでは足りずにあの男に慰《なぐさ》めてもらうつもりだったのか？」

「あっ、ああ……っ、違…う、そんなわけ……。スチュワードさまには偶然会っただけで……っ」

「偶然？」

「下着は…、忘れただけ……。ああ……、本当にそれだけ……」

なぜそんな意地悪なことを言うのだろう。

スチュワードとは何度か話をしたことがあるだけで、まだ友達にもなれていない。彼のほうだって懇意《こんい》にしている商人の娘という認識だろうし、慰めてもらう以前の問題だ。

そもそも、リーナは昨夜がはじめてだったのに、いきなり次の日からほかの人にも抱かれようなんて思えるわけがなかった。

「……おまえのココは、ずいぶん濡れているようだが」

「そ…っ、それはあなたの……っ！」

「私の？」

「……あ」

途中まで言いかけて、リーナはハッと口を噤《つぐ》む。

そこが濡れているとしたら昨夜の残滓《ざんし》だ。

彼の精液が残っていたからだが、さすがにそれを口にすることは憚《はばか》られた。

「なるほど、これは私の放ったものだったか」

「ンッ」

何も答えずにいると、彼は秘部の入り口に指を差し入れてくる。

そのまま何度か出し入れを繰り返し、濡れ光っていく自身の指を見て僅かに口角を引き上げた。

「……本当にそれだけか？　おまえの蜜も溢れているようだが」

「あぁ…ンッ、ちが…、そんなはず……」

「違うのか？」

「ちが…う、私のじゃ……」

「ならば、奥まで確かめてやろう」

「あぁあ……ッ!?」

ぐっと奥のほうまで指を入れると、彼はぐるりと円を描くように動かす。

突然の大きな刺激に、リーナは背を弓なりに反らして嬌声を上げた。

続けて指を出し入れされ、ぐちゅぐちゅと淫らな音が響く。

その音はどんどん大きくなり、中心からは止めどなく体液が溢れ出して彼の手首まで濡らしていった。

「あっあっ、あぁあ…ッ、や…ああ……っ」

けれど、このままでは昨日のようにまたなし崩しにされてしまう。

触れられたところから身体が熱く痺れて、絶望するほどの快楽に堕ちてしまう。

——もうあんなふうになりたくない……っ。

あれは自分ではなかったと身を捩り、リーナは咄嗟に身体を反転させる。

内壁が強く擦られて途中で動きを止めそうになったが、なんとか力を振り絞ってうつ伏せになり、彼から逃げようとした。

「あぁああ……――ッ」

だが、今度はうつ伏せになった状態で内壁を激しく掻き回される。

いつの間にか指を増やされ、中がいっぱいになっていた。

リーナは枕に顔を埋めて快感に堪える。そのうちに背後からのしかかられ、指で中を刺激されながら熱い吐息を耳元にかけられた。

「ひぁっ、あっ…は……」

「なぜ逃げようとする？　あの男のことを考えているのか？」

「あ…ンッ、ああ……っ、違…う、違う……っ」

「それなら、この恰好はなんだ。このまま貫けと……？」

「っは、ああぅ……ああ、あああっ」

どうか耳元で囁くのはやめてほしい。

吐息混じりの低音で囁かれると、全身の肌がざわついてしまう。

リーナは枕に顔を押し当てたまま何度も首を横に振るが、言葉にならない喘ぎ声しか出てこない。

やがて髪を掻き上げられて、後ろから耳たぶを甘噛みされる。

びくびくと肩を震わせながら、リーナは彼の指を強く締め付けた。

「あぁ……、お願いシュトリ……っ、もうこれ以上は……」

「シュトリ……？」

「お願い、お願い……、んっ、お願…い……っ」

無意識に名を呼ぶと、指の動きがやや弱められる。

しかし、リーナのほうは必死すぎてそのことになかなか気づかない。

無意識であろうと、彼をあのときの少年と認識しているも同然の一言だったが、それさえ気づいていなかった。

「……私は、シュトリではない」

「んっ、ああっ」

「フェネクスだ。教えたばかりだろう」

「あっ、は……、フェネ…クス……」

「もう一度言ってみろ」

「……フェネクス……。んっ、あ…ぁ……」

「もう一度」

「フェネクス…、フェネクス、あぁう……、フェネクス……」

耳元で命じられるたびに、リーナは壊れた人形のように繰り返す。

どうして言うとおりにしてしまうのだろう。

触れられるとそこから熱が広がっていく。囁き声が頭の奥まで侵蝕してどんどん思考が鈍くなっていく。

「そうだ。私はフェネクスだ。二度と間違うな」

「ン……ぅ……」

やがて、中心から指が引き抜かれ、代わりに熱いものが押し当てられる。

先端が少し入ってきて、内壁が大きく押し開かれていく。

――もう逃げられない……。

朝方まで受け入れていた熱を思い出し、リーナは喉をひくつかせる。

腰を掴まれてぐっと引き寄せられた瞬間、一気に最奥まで貫かれて悲鳴に似た嬌声を上げた。

「ああぁ――……ッ！」

そのまま激しい抽送がはじまり、部屋中に肌がぶつかる音が響き渡る。

リーナはただ嬌声を上げることしかできない。奥を行き交う獰猛な熱に目の前がチカチカして、呼吸の仕方も忘れそうだった。

彼は――フェネクスは、どうして自分にこんなことをするのだろう。

友達だと思っていたのは、自分だけだったのだろうか……。

リーナは涙を零して首を横に振った。

きっと、何か理由があるのだ。

彼は意味もなくこんなことをする人じゃない。

五年間のやり取りをなかったことにしたくない。

裏切られた気持ちは確かにあるのに、この期に及んでどこかで信じたいと思う自分がいた。

「あぁあ、ああぁあっ」

狂おしいほどの律動にまともな思考が奪われていく。

幾筋もの涙が頬を伝っていったが、それにどんな意味があったのかさえわからなくなる。

後ろから抱きすくめられ、淫らな息づかいを耳に感じるだけでぞくぞくとお腹の奥が反応してしまう。

身体中、フェネクスで満たされている感覚になり、ほかのことは何も考えられなくなった。

「やっ、ああっ、フェネ…クス……ッ、フェネクス……ッ」

「リーナ…、もっとだ」

「あっあっ、フェネクス…、いや、あぁあっ」

「……もっと、もっと奥まで……」

「っひぅ、あぁっ、ン…、あぁあぁ……ッ！」

熱い先端で最奥を執拗《しつよう》に突かれ、リーナは嬌声を上げ続けた。

内壁は先ほどからずっと激しく痙攣している。何度も収縮を繰り返していたから、とっくに絶頂を迎えていたのかもしれなかった。

けれども、フェネクスは少しも抽送を緩めようとしない。

その後も激しい情交は続き、何度か最奥に熱いものが放たれたが、朦朧とした意識の中で軋むほど身体を抱き締められて、リーナは激しく突かれていたことしか覚えていなかった。

「あ、あぁう……、あぁっ、あぁっ」

このままでは、おかしくなってしまう。

いつの日か、彼の毒に全身を侵《おか》されてしまうだろう。

リーナは目の端から涙を零し、何度目かの絶頂の末に意識を手放す。

フェネクスの放ったもので満たされながら、深い意識の底に沈んでいった。

それから何時間眠っていたのか、次に目が覚めたときには日が高くなっていた。

そのときはフェネクスの姿はどこにもなかったが、扉には鍵がかけられていたから、リーナが自ら外に出ることはなかった。

叫んだところで、ここからは誰の耳にも届かない。

五年前に出会った少年は、この国の王だった。

たとえ声が届いたとしても、そんな人に逆らってまで誰が助けてくれるだろう。

哀しみに暮れながら、それでもどうしても思い出を捨てきれない。フェネクスが戻るまで、リーナはベッドに伏せてひっそりと嗚咽を漏らし続けていた――。

第五章

——アルティア王国の朝はとても早い。

島国ということもあって外国との往来は天候に左右されやすいが、鉱山資源や海洋資源が豊富なために早朝から多くの国との交易が盛んに行われているからだ。

それらの交易を仕切る商人には卓越《たくえつ》した交渉術を持つ者や、海賊にも立ち向かえるほどの戦闘技術を備えた者などもいて、あらゆる意味で人材が豊富だった。

当然ながら、商人たちの取引相手は平民から貴族、王族に至るまでさまざまだ。

平和が続けば豊かさが求められるのは自然な流れで、富を得た商人が力を持ちはじめるのもおかしな話ではない。その中に一際大きな影響力を持つ者が現れることもあったが、そういうときは国王自らが地位を与え、代わりに王国への忠誠を誓わせてその影響力を極力抑え込んできたようだ。また、地位を与えられた商人には王宮への出入りが許され、王宮内で貴族たちと取引を行う姿を見かけることはそう珍しくなかった。

だが、そんな賑やかな王宮が、ある瞬間だけ水を打ったようになる。

国王、フェネクス。彼の姿が人々の目に触れたときだ。

一見、その美しい容貌に目を奪われがちだが、斬新な視点で物事を進めていく実行力は歴代の王と比べても圧倒的で、国民からの信望は厚く崇拝《すうはい》者も多い。

ただ、難点として、彼は誰に対しても喜怒哀楽を一切見せたことがないのだ。

フェネクスは、有力者との会食や会議などに出席する以外は、一日のほとんどを執務室で過ごして人前にはあまり姿を見せることがない。にもかかわらず、その独特な存在感は長年王宮に出入りしている者でも常に緊張してしまうほどだった。

とはいえ、国王その人にそれを指摘できる者はそうはいない。

その日もフェネクスは、いつものように従者を引き連れて執務室に向かおうとしていたが、その間に目にする人々の表情はいつもながら固く引き締まっていた。

自分を見て片膝《かたひざ》をつく兵士、自身の胸元に右手を当てて敬意を示す貴族の姿。

フェネクスにとっては、それが日常の光景だ。その中を表情一つ変えずに悠然と通り過ぎていくのもまたいつものことだった。


「――陛下、久々にございます」

フェネクスが執務室に入ろうとしたとき、不意にしゃがれた声が響く。

動きを止めて声のほうを向くと、少し先の廊下から恰幅《かっぷく》のいい年配の男がにこやかに近づいてきた。

「リド、来ていたのか」

「ご無沙汰《ぶさた》しております。前回お会いしてから、三か月以上も経ってしまいました。持病の腰痛が悪化したとはいえ、面目ない限りで……」

「そんなに経っていたか」

「陛下はお元気そうで何よりです」

「あぁ、変わりはない」

フェネクスは低く答え、扉に手をかける。

愛想のない返事をされても、その年配の男――リドは笑顔を崩さない。

リドは先代の国王の時代から宰相を務めており、こんなふうにフェネクスに話しかけられる数少ない人物でもあった。

「それはそうと、陛下、実に勿体のうございますな」

「……なんの話だ」

「執務室に来るまで、皆の顔はごらんになりましたか？　兵士に召し使い、貴族たち……、誰も彼もずいぶん緊張しているようでした。時々でも笑いかけてくだされば、今より多くの人心を掴むことができましょうに……」

リドは白いあごひげを弄りながら苦笑している。

――緊張…？　誰が誰にだ？

意図が摑めず、フェネクスは黙り込む。

すると、後ろで話を聞いていた従者の一人がむっとした様子で口を挟んできた。

「閣下は、陛下に下々の者に媚《こ》びろとおっしゃるのですか？」

「な…っ」

王の従者とはいえ、リドよりもずっと立場は低い。

そんな相手に楯突《たてつ》くようなことを言われれば笑顔が消えて当然だ。

しかし、リドが顔を強ばらせた途端、もう一人の従者が焦った様子で間に入る。楯突いた従者の胸を押し、後ろに下がるように言ってリドに深く頭を下げた。

「大変なご無礼を……っ！　彼は陛下のこととなると見境がなくなってしまうところがあるのです。よく言って聞かせますので、何卒お許しください」

「……む」

「どうか寛大なご処置を……」

「……、……まぁ、いい。今回は許そう」

「ありがとうございます……っ」

「う、うむ」

深く頭を下げられ、リドはぎこちなく頷く。

すぐに引き下がったのはフェネクスがいる手前もあったのだろう。

その場はなんとか収まり、リドは気持ちを切り替えた様子で執務室の扉を開ける。

フェネクスはそれらのやり取りを黙って見ていたが、リドに促されると、従者たちを廊下に残して中へと入った。

「――やれやれ。まいりましたな」

リドは扉を閉めるや否や、ため息混じりに肩を竦《すく》めた。

その視線は扉のほうに向けられている。廊下で待たせている従者たちに対する皮肉が含まれているようだ。

「陛下、差し出がましいようですが、ああいった連中をあまり傍に置かないほうがよろしいかと」

「……そうか」

リドは眉をひそめて苦言を呈《てい》し、難しい顔でフェネクスを見上げる。

だが、彼らはフェネクスが王位を継いだときから傍で仕えているため、今さらといった感覚しかない。気のない返事をしたところ、リドは鼻白んだ様子で自分のあごひげを引っ張っていた。

「ところで、私に話があるとのことだが」

「あ…、ええ、そうでした」

話を切るつもりで問いかけると、リドは思い出したように相槌を打つ。

日中にフェネクスが執務室にいることは多いが、いつもいるわけではない。

フェネクスが今日ここに来たのは、リドから話をしたいと事前に連絡があったためだった。

「……その話というのはですね」

リドはなぜか辺りを見回し、急に小声になる。

当然ながら、執務室には自分たちしかいない。

それにもかかわらず、リドはやけに神妙な顔で部屋の中を確かめてから、ひそひそ声で先を続けた。

「つい先日、ある噂を耳にしたのです」

「……噂」

「ええ、それも陛下の…、あまりよくない噂です。なんでも、陛下が若い女と王宮のどこかへ消えたのを見た者がいると……。聞けば、最近の陛下は皆の前に姿を見せることがめっきり少なくなったとか。ご自分のお部屋にもほとんど戻っていないようで……」

「……」

「もちろん、このリドはあらぬ噂だと信じております。勝手な想像だと否定しておきましたが、念のため陛下のお耳にも入れておいたほうがいいと思ったのです」

リドはそこまで一気に捲し立てるように囁く。

しかし、信じていると言うわりには、その目はいかにも怪しんでいるといった様子だ。

ここ三か月、彼は持病の腰痛でずっと休んでいたのだ。信憑性がないと思っているなら、こんな話のためにわざわざ王宮に来るわけがなかった。

「それは、おまえの息子、スチュワードから聞いた話か？」

「……ッ」

眉一つ動かさずに問うと、リドは怯《ひる》んだ様子で息を呑む。

図星とわかり、フェネクスは目を細めて微かに口角を引き上げた。

スチュワードはリドの長子だ。

今より半月ほど前、スチュワードは『例の部屋』から抜け出したリーナと鉢合わせした。

彼はスワイヤー家の屋敷にはたびたび訪れていたようだったから、今も彼女が屋敷に戻っていないことを確かめるのはそう難しくないはずだ。まだ王宮のどこかにいるのではと怪しむあまり、父であるリドにそれとなく話したことは容易に想像がついた。

「リド、どうなのだ。あらぬ噂をおまえに話したのはスチュワードか？」

「そ…、それは……」

リドは言い淀み、ばつが悪そうに床に目を落とす。

長年宰相を務めていながら駆け引きが下手というのも考えものだ。

とはいえ、『わかりやすい相手』というのは、それだけでフェネクスにとって価値のある存在ではあった。

「おまえは、私を誰だと思っているのだ。女を連れ込むような愚かな真似をするわけがないだろう」

「……え、えぇ…、それは承知しております……」

話の出所を言い当てられて、リドの勢いはどんどんなくなっていく。

おまけに、こうもきっぱり否定されるとは思っていなかったらしく、困惑した表情を浮かべている。しかし、これ以上は息子の印象が悪くなると思ったのか、リドは意志の強そうな太い眉を眉間に寄せてすぐに謝罪した。

「陛下…、どうやら私の早とちりだったようです。申し訳ありません。――ですが、これだけは今一度お心に留めておいていただきたく」

「なんだ」

「陛下はアルティアの王です。皆の指標となるべき方なのです。どんなときでも、皆を正しい道に導いていかねばなりません。もちろん、陛下はご自分がどうあるべきかおわかりいただいているものと存じますが」

あえてここまで言うのは、改めて釘を刺したということだろうか。

フェネクスは固く口を閉ざし、リドをじっと見つめた。

リドは再び頭を下げたが、腰が痛むようで顔が引きつっている。

きっと、無理をして王宮に来たのだろう。長年務めた宰相という立場に、彼は誇りを持っているのだ。

リドは五年前にフェネクスが王位を継いだときも同じことを言っていた。

自分を律し、いかなるときでも正解を選び取る。

実にまばゆく、完璧な王の姿だ。

そうあるべきだと、フェネクス自身もほんの少し前までは思っていた。

フェネクスはリドの言葉に何も答えず、自ら執務室の扉を開けて彼を廊下へと促す。

「……では陛下、失礼します」

リドはそれ以上食い下がることはせず、畏まった様子で右手を胸に当てて部屋をあとにした。

それから、少ししてフェネクスも執務室を出ると来た方角に戻っていく。

廊下で待っていた従者たちも、当たり前のようについてきていた。

彼らはフェネクスのしていることに一切口を挟まない。何もかも知っていながら従う様《さま》は下僕としては正しく思えるが、リドからすれば間違っていることになるのかもしれなかった。

「──兄上…ッ！」

と、そのとき、後方から快活《かいかつ》な声が響く。

──この声は……。

フェネクスは誰も気づかないほどのため息をついて足を止める。

振り返ると、廊下の向こうから満面に笑みを浮かべた腹違いの弟──サイが嬉しそうに手を振りながら駆け寄ってきた。

「兄上、お久しぶりです！」

「……サイ」

「実は、ここ数日また体調を崩してしまって……。やっとよくなったから王宮内を散歩していたところだったんです」

「そうか」

「ずっと兄上に会いたかったから、お顔を見られてすごく嬉しいです！」

サイはフェネクスの傍まで来ると、一層の笑顔を向けてくる。

柔らかそうな薄茶の髪、水色の瞳。うっすらと見えるそばかすに、まだ幼さの残るあどけない表情。

「……」

フェネクスは五歳下の義弟を無言で見下ろす。

無邪気に笑いかけてくる様子が、いつ見ても奇妙に思えたからだ。

――互いの母が生きていた頃は、話をしたことさえなかったというのに……。

先代の国王、フェネクスの亡き父には妃が二人いた。

サイの母は父の従妹で、一番目の妃だった。

対してフェネクスの母は小国から嫁《とつ》いだ姫で、政略結婚による二番目の妃だった。

この国の王は何人でも妃を持つことができるが、そうなると大なり小なり妃同士の権力闘争が起こるものだ。互いの母はすでにこの世から旅立って久しいが、彼女たちが命を落としたのも、権力闘争によるものと言っても過言ではなかった。

さまざまな謀略によって相手を失墜《しっつい》させようとする日々。

フェネクスが王位を継ぐまで、何もかもが平坦だったわけではない。

だからこそ、『兄上』などと無邪気に呼ばれると、奇妙な気持ちになって他意を疑ってしまうのだろう。

「……──す…よね。僕、甘いものが好きだから…──って、教えたんですけど……」

いつもの如く、サイは話し出すと止まらない。

好きな食べ物の話、苦手なものの話、聞いてもいないのに次から次へと話題が移っていく。

しかし、興味がない話を延々と聞かされることほど退屈なものはない。

フェネクスはサイの話を聞き流しながら、すぐ近くの窓に目を向ける。

大空を悠々と飛ぶ一羽の鳥。シュトリだった。

だが、よく見ると、飛び方が少しおかしい。

シュトリは何かを探すように左右を行ったり来たりしていた。

──私を探しているのか……？

そう思って窓際まで移動すると、シュトリはすぐにフェネクスに気づいたようで近場をぐるぐる周りはじめる。

それでも、窓の存在を認識しているから無闇に突っ込んではこない。

そのうちに従者たちもシュトリに気づいたようで、食い入るように窓の外をじっと見つめている。いつもは決して感情を表に出さないが、今は彼らもどことなく興奮した様子だった。

「あっ、シュトリだ！」

少しして、サイもシュトリに気づいたらしい。

フェネクスの隣で窓に身を乗り出し、目を輝かせる表情は年齢よりも幼い。

鷹は国の象徴のため、王族や貴族たちにも人気がある。サイも憧れはあるのか、シュトリを目にするといつも嬉しそうにしていた。

「シュトリは、兄上がここにいるのがわかってるんですね。近くをぐるぐる飛んで、離れようとしないですし」

「……そのようだな」

「すごいなぁ、あんな遠くからでも兄上を見つけられるんだ……」

「鷹はとても目がいいらしい」

「でも、シュトリは特別だと思います！　皆がよく言うんです。これまで歴代の王が鷹を飼ってきたけれど、普段は専用の小屋に入れられて脚をヒモで繋がれていることがほとんどだったって……。けれど、兄上は一日のほとんどをシュトリの自由にさせています。野性に目覚めて戻らなくなる可能性もあるのに、強い信頼関係がなければできることじゃありません。シュトリは人に危害を加えませんし、もしかしたら兄上のいる王宮をあやって守っているのかもしれませんね！」

「さぁな」

それは褒められていると捉えていいものだろうか。

別に自分は特別なことは何もしていない。

シュトリは休みたいときには自分の小屋に自ら入っていく。

構ってほしいときはフェネクスを探して飛び回り、見つければ近づいてくるだけだ。

ただ、近づいても無闇に突っ込んできたりはせず、窓があれば人に開けてもらってから入ってくる。鳥の目では窓を認識しづらいのか、シュトリなりに障害になる何かがあると判断しているようだった。

「……僕も……、身体がこんなに弱くなければ……」

ややあって、サイは窓の外を見ながらぽつりと呟く。

何げなく目を向けると、サイは眉を下げてフェネクスを見つめ返した。

「僕も、自分の鷹がほしいって思うときがあるんです。だけど僕は動物の毛とか羽がだめだから眺めることしかできなくて……。それでも、シュトリと仲良くなりたいと思って何度か近づいたことがあるんです。でも、シュトリは僕のことがあまり好きではないのかも……。すぐに遠くに逃げちゃうんです……。それとも、僕が咳き込んじゃうと思って近づかないようにしてくれたんでしょうか……」

サイは目を潤《うる》ませ、縋《すが》るようにフェネクスを見つめていた。

だが、そう言われても自分には答えようがない。

黙っていると、サイは突然ゴホゴホと咳き込みはじめる。

苦しそうに自分の胸を押さえる様子を見て、フェネクスはそこでようやく一言だけ声をかけた。

「そろそろ部屋に戻ったほうがいい」

「……ゴホ、ゴホッ、……は、はい……」

細い身体、小さな背。

十五歳にしては幼く見える顔。

去り際に笑顔を向けられたが、フェネクスはそれをただ無言で見ていた。

自分はどこか感情が欠落しているのだろうか。どんな表情を向けられても、サイにはまるで興味を持てなかった。

――リーナとは真逆だな……。

あれほど一緒にいても彼女には興味が尽きない。

例の部屋にリーナを閉じ込めてから半月が経つが、些細な声や表情の変化に気づくたびに心の高まりを感じていた。

抑えた喘ぎ声、我を忘れた嬌声。

絶頂に向かう瞬間の陶酔しきった表情、止めどなく零れる涙にあどけない寝顔――。

フェネクスはしばし窓の外を見上げていたが、ふとリドの話を思い出す。僅かに身じろぎをすると、後ろにいる従者たちに低く命じた。

「おまえたち、スチュワードを手なずけておけ。どんな手を使ってもいい。あの娘のことで余計な動きをされると面倒だ」

「……承知しました」

従者たちは心得た様子で静かに答える。

たちまち背後の気配が消え、廊下にはフェネクスだけとなった。

——もう二度と近づけさせるものか……。

前方を見据えると、フェネクスは人気のないほうに進み、リーナの待つ部屋へと戻っていった。

❀　❀　❀

一方、リーナはその頃、部屋の窓からぼんやりと外を眺めていた。

目が覚めたときはすでに日が高かったが、そろそろ夕方に差し掛かる時間なのか、空が暗くなりかけている。

起きてから今に至るまで、なんにもしていない。

鍵のかかった部屋に一人残されても、こうして外を眺めることくらいしかできない。

かといって、フェネクスがいるときはひたすら彼に抱かれることになるから、早く戻ってきてほしいわけでもなかった。

リーナはいつも意識を失うまで彼に抱かれ、昏々《こんこん》と眠って空腹で目が覚める。

ここでは自分の屋敷のように誰かが起こしてくれることはない。

夕方になってようやく目が覚めることも珍しくなく、いつの間にか用意されていたドレスに着替え、テーブルに並べられていた料理に手をつける。ようやく空腹が満たされて人心地がついた頃に彼が戻ってきて、また同じことが繰り返されるのだ。

フェネクスと目が合うと、それがはじまりの合図となる。

口づけたときの淫らな舌の動き、首筋を吸う唇の柔らかさ。

全身を弄る長い指の感触、肌にかかる熱い吐息。

今ここに彼はいないのに、ぼんやりしていると数時間前までの情事が何度も頭を過ってしまう。

何度フェネクスに抱かれたのか、もはや考えることになんの意味もない。

いつまでこんなことが続くのかはわからない。

わかるのは昼か夜か、それくらいだった。

――こんなことばかりしていたら、いつか本当におかしくなってしまう……。

そう思っても、自分を知る誰かと連絡を取る手段もない。

おそらく、ここは限られた者だけが出入りできる場所なのだろう。

一度だけ部屋の外に出たことがあったけれど、かなり長い廊下を進んだ先に扉が一つあるだけで、大きなフロアに出てもまったく人気がなかった。そこから階段を下りたところでスチュワードに声をかけられたが、今考えるとそれさえ奇跡的な出来事だったように思えた。

――スチュワードさまは、今も毎日王宮に出入りしているのかしら……。

連絡を取るなら彼しかいないが、味方になってくれるとは限らない。

彼は近衛隊の隊長だ。

国王を――フェネクスを守るのが役目だと言っていた。

現にスチュワードは、リーナがフェネクスに連れられていくところを見ていても追いかけては来なかった。

「どうしてこんなことになってしまったの……？」

すべてが自分の理解を超えていた。

晩餐会に招待されたと喜んでいたのが遠い昔のようだ。

彼はなぜ嘘の名前を教えたのだろう。文通を続けた目的はなんなのか。

王宮におびき寄せるような真似をした理由は？　常軌《じょうき》を逸《いっ》した行為を続けることになんの意味があるというのか……。

フェネクスに聞きたいことは山ほどあったが、何を問いかけてもまともな答えがもらえない。声に抑揚がなく、表情もほとんど変化しないから、何を考えているのかさえわからなかった。

「……あ、シュトリ」

あれこれ思い悩んでいると、ふと窓の外を飛ぶ鷹が目に入る。

リーナはそれがシュトリだとすぐにわかって、部屋の窓を開けてあげた。

この場所はかなり高い位置にあるため、窓から逃げるというのはまず不可能だ。

それがわかっているから、窓を開けてもフェネクスは特に咎めたりはしない。皮肉な話ではあるが、こうしてシュトリが遊びに来てくれるときは、リーナが唯一気分転換できる時間になっていた。

「シュトリ、いらっしゃい」

ややあって、シュトリは鋭い羽音を立てて窓枠に降り立った。

そのままバサバサ…と数回ほど羽ばたかせると、ゆっくりとした動作で羽根を仕舞ってぶるるっと全身を震わせた。リーナがその様子をじっと見つめていると、やがてシュトリも首を傾げてこちらを見つめ返してきたが、そんな姿もスワイヤー家の屋敷に来ていた頃と何一つ変わらなかった。

——変わったのは、私がシュトリの名前を間違えなくなったことくらいね……。

シュトリはずっと『フェネクス』と呼ばれて、どう思っていたのだろう。

とても賢い子だから、本当は間違いだとわかっていたのかもしれない。それでも機嫌を損ねることなく、シュトリは何年も手紙を運び続けてくれていた。

「……ねぇ、シュトリ。あなたはフェネクスがどんな人か知ってる？」

それから少しして、リーナはぽつりと呟く。

シュトリは羽繕いをはじめて何も反応してくれなかったが、リーナは器用に動くくちばしを目で追いかけながら、か細い声で続けた。

「私…、彼のことが全然わからなくて……。文通していた彼は、どこに行ってしまったのかしら……」

何を聞いたところで、答えが返ってくるわけがない。

そんなことは百も承知だったが、今の自分にはほかに相談できる相手がいない。

一度しかフェネクスに会ったことのなかったリーナよりも、彼の傍にいたシュトリのほうが詳しいはずだと縋るような気持ちもあった。

——ギィ……。

そのとき、不意に後方で扉が軋む音が響く。

「……ッ!?」

リーナは肩をびくつかせて息を詰める。

部屋の中は途端に水を打ったようになり、緊張の糸が張り巡らされていく。

ぎこちなく振り返ると、部屋の扉に手をかけてこちらを見つめるフェネクスと目が合った。

フェネクスは静かに歩き出し、リーナのほうへと近づいてくる。

自然と身体に力が入って、顔まで強ばっていく。そんな姿に気づくことなく、彼はリーナのすぐ傍で止まると当然のように手を伸ばした。

「……っ」

だが、ぐっと身構えるも、彼の手はリーナの横を素通りしてしまう。

フェネクスは、シュトリの胸元にそっと触れていた。

顎の辺りを指先でこしょこしょとくすぐられながら、くちばしから頭頂部を優しく揉まれると、シュトリはうっとりと目を閉じてしまう。その表情を見ただけで、フェネクスに心を預けていることがわかるほどだった。

――私に触れようとしたわけじゃなかったのね……。

リーナは急に力が抜けるのを感じて、小さく息をつく。

いつもは目が合えばすぐにベッドに連れて行こうとするから、今もそうだと思って勘違いしてしまったのだ。

シュトリがいたからそうしなかったのだろうか。

リーナはフェネクスの指の動きをじっと見つめる。

以前も思ったが、シュトリは彼の前だとまるで雛鳥のようだった。

「……雛のときから見ているからな」

視線を感じてか、フェネクスが低く呟く。

心の中を読まれたような一言にリーナは目を丸くする。

しばしフェネクスの横顔を食い入るように見つめていたが、ふと今の言葉に疑問を感じた。

「雛のときから……？」

「そうだ」

「で、でも…、確か五年前の手紙では、うちの屋敷を出たあとに偶然シュトリと再会して飼うことになったって……」

記憶に間違いがなければ、手紙にはそう書かれていたはずだ。

リーナと別れてすぐにシュトリと再会し、そのままフェネクスの屋敷までついてきてしまった。やけに懐いてしまったから飼うことにしたと、はじめての手紙には書いてあったのだ。

「あれは嘘だ」

「……っ」

フェネクスはあっさり嘘を認め、シュトリから手を放す。

――う、嘘って……。

まさかそれすら嘘だったなんて……。

唖然としていると、彼は自嘲《じちょう》気味に目を伏せて近くの壁に寄りかかった。

「シュトリが雛のとき、親鳥が死んでしまったのだ」

「……え」

「本当なら、死んだ雄鳥が私の鷹になるはずだったが、ある日突然つがいの雌と共に死んでしまってな。不幸な事故だったのか、それともほかに原因があったのかは定かではないが、その日から私はまだ雛だったシュトリを育てることにしたのだ」

そこまで話すと、フェネクスは反対側の壁に目を向ける。

リーナは戸惑いを顔に浮かべ、彼の横顔を探るように見つめた。

シュトリの話に興味がないわけではなかったが、それ以上にこんなふうに普通に会話をはじめたことに驚いたのだ。

けれど、下手なことを言ってはいつもの雰囲気に戻ってしまうかもしれない。

リーナは自分の胸に手を当てると、ぎこちなく相槌を打った。

「そんな哀しい過去があったなんて……」

「……五年前、おまえと出会ったときは飛行訓練をしていた。普段なら指笛を吹けば戻ってくるのに、天高く舞い上がったまま一向に戻ってこない。すぐに追いかけたが、姿を見失っては闇雲に探し回るしかなかった。気づけば見知らぬ森に入り込み、怪我を負った挙げ句に遭難《そうなん》してしまったが……」

「あ…、それであんなところで倒れて……？」

「そういうことだ」

「……そう…だったの」

リーナは掠れた声で小さく頷く。

今の話で、五年前、沢近くの岩場で倒れていた少年の姿が頭に浮かび、あれはそういうことだったのかと納得がいった思いだった。

だが、それと同時に別の感情も込み上げてくる。

フェネクスは、やはりあのときの少年だった。

この五年間、文通を続けていた彼だったのだ。

そう思っただけで、胸が詰まって涙が零れそうになってしまう。

感情的になるべきではないとわかっていたが、これまで溜まっていたものが一気に溢れてくる。リーナは我慢できなくなり、声を震わせてフェネクスに問いかけた。

「どうして今まで教えてくれなかったの……？」

「……それは」

「あなたが国王だから？　私なんかに身分を明かしたくなかった？」

「そういうわけではない」

「だったら、なぜ名前まで偽っていたの？　そうまでして私と文通していたのはどうして？　あなたはどんなつもりで五年も続けていたの？」

「……」

「考えれば考えるほどわからなくなるの……。どうして一度会ったきりの私と？　どうして私なの……？　一体どうして？　どうしてこんなことに……」

頭に浮かんだまま問いかけていたら、次第に取り留めもなくなってくる。

ここに来てから、はじめてまともな会話ができたのにこれでは台無しだ。

けれど、どうしても止まらなかった。

自分たちは五年間、ずっと手紙で会話してきた。

フェネクスはたった一人のかけがえのない友達だった。

どうして自分たちはこんなふうに再会しなければならなかったのだろう。あれだけのことを毎日しておきながら、どうして平然と昔話ができるのか。

彼は理由なくこんなことをする人じゃない。きっと何か事情があるはずだ。

愚かな考えだとわかっていたが、まだ彼を信じたいと思う自分がいた。

「……この話は、もう終わりだ」

「あ……」

ややあって、彼は低く答える。

不意にリーナの手を摑み、強く抱き寄せて無理やり唇を重ねてきた。

「……んっ……う」

もしかすると、怒らせてしまったのだろうか。

一気にすべてを知ろうとしたのがいけなかったのだろうか。

後悔したところで取り消せるわけもなかったが、こんなところで抱かれるのだけは避けたかった。

すぐ傍にはシュトリもいるし、窓だって開けっ放しだ。

ここから外を眺めていても、人の姿を見かけたことは一度もない。声を出しても誰かに聞かれる心配はないのかもしれないが、それでも抵抗があった。

「いや……っ！」

リーナはフェネクスの胸を強く押し、咄嗟に顔を背けた。

その際に彼の腕の力が緩んだのがわかり、思いきり手を突っ張る。

すると、フェネクスの腕が僅かに外れたため、リーナは一瞬の隙をついて逃げようとした。

「あっ!?」

だが、それから一歩も進めずに、リーナは呆気ないほど簡単に彼の腕の中に引き戻されてしまう。

背を向けた途端、後ろからフェネクスに腕を摑まれていたからだ。

「ん…やっ、やめ……っ」

藻搔こうとしても、力の差は歴然としている。

背後から回された大きな手で強引に下腹部を弄られても、まともに抵抗もできない。

彼の手は徐々に上に向かい、すぐに柔らかな膨らみまで辿り着く。ドレスの上からいきなり乳房を揉みしだかれ、リーナは肩をびくつかせながら窓のほうに腕を伸ばした。

直後、バサバサ……ッと羽音が響き、シュトリが空へと飛び立った。

きっと、いきなり窓枠に手をついたから驚かせてしまったのだろう。

申し訳なく思いながらも、リーナは大空を翔《かけ》る姿を羨望の眼差しで見上げる。できることなら、自分もあんなふうに自由に飛んでみたかった。

「どうして逃げようとする。まさか、嫌になったとでも言うのか？」

「……っは、ぁあう」

「そんなことは許すものか。今さら後戻りなどできると思わないことだ」

「んっ、あ……っ」

首筋をきつく吸われ、鬱血《うっけつ》の痕を舌で嬲られる。

器用な指先で的確に乳首の場所を探り当て、いやらしく突起を捏ね回された。

――今さら……？　なんの話をしているの？

嫌になるも何も、リーナは一度もこんな関係を望んだことはない。

晩餐会に招待されて王宮に来たはずが処女を奪われ、それからずっと狂った日々が続いているのだ。

しかし、今の彼の言葉からは、リーナを責めるような感情が見え隠れしていた。

これまでも、フェネクスと話が嚙み合っていないと思うことはあった。

何度か疑問を口にしたことはあったけれど、彼は部屋に戻るとすぐに行為をはじめようとするから、話をするどころではなくなってしまう。今も頭の隅で疑問を感じながらも、口からは喘ぎ声しか出てこなかった。

――ようやく少し話ができそうだったのに……。

リーナは肩で息をしながら、背筋をびくびくと震わせる。

彼は左手で乳首を捏ね、右手でドレスの裾を捲り上げて太股を直に触っていた。

窓に押しつけるようにして後ろから身体を弄られ、これでは逃げるどころではない。

やがて、ドロワーズの腰紐を解かれると、膝まで引きずり下ろされていく。ひやりとした空気を肌に感じて身を捩ったが、フェネクスはお尻の割れ目から手を差し込み、いきなり秘所に触れてきた。

「ひぁあ……っ！」

唐突な刺激に、リーナは思わず甲高い声を上げてしまう。

だが、フェネクスは構うことなく、すぐに秘部に指を入れてくる。

首筋の鬱血の痕を舐めながら、同じような動きで指を出し入れしはじめた。

「んっ、あ、あっ、ああっ」

「よく濡れている。おまえのココは正直だ」

「あぁ…う、……ンッ、ちが……」

「何が違う？　指を動かすたびに締め付けているではないか。すでに太股まで濡らしているのがわからないのか？」

「あぁ、や…、やぁ……、ああ…ぁあ……っ」

責めるように言われて、リーナは何度も首を横に振った。

けれど、本当は知っていた。

秘部に触れられる前から濡れていたことに気づいていた。

抱き締められただけで、いつもすぐに身体が反応してしまうのだ。

なんて情けない身体だ。どんどん淫らになっていく。快感を期待して、はしたなく濡れてしまう。自分がこんなにいやらしい娘だったなんて知りたくなかった。

「もう充分だな……」

「っひぁ…っぅ」

耳元で低く囁かれ、肌がざわつく。

フェネクスは指を引き抜くと、己の熱塊を秘部へと強く押し当てた。

ぐじゅ…と淫らな音が響き、濡れそぼった中心が徐々に大きく広げられていく。彼は円を描くように入り口の感触を確かめていたが、リーナの腰を掴むと、一気に最奥まで突き入れてきた。

「あああぁぁ――……ッ」

「……っ」

リーナは喉を反らして嬌声を上げる。

彼のほうも僅かに息を乱し、掠れた呻きを上げていた。

しかし、リーナの腰を摑み直すと、フェネクスはすぐさま抽送をはじめる。

いきなりの激しい抽送で目の前がチカチカしたが、外から入ってくる風を感じてリーナは僅かながら我に返る。

――せめて声を抑えなければ……。

地面までは遠く、どこを見ても人の姿はない。

開け放った窓から見える外の景色が現実を突きつけていた。リーナは微かな理性にしがみつき、片手で口を押さえて必死に声を抑えた。

「ンぅ…、ん、ひぁ…んッ」

わかっている。

これが、今の自分の日常だ。

着衣のまま後ろから激しく突かれ、部屋中に響く卑猥な水音に耳を塞ぎたくなったが、そんな余裕はどこにもない。とうに堕ちた身体は易々と彼を受け入れ、いやらしい蜜が幾筋にもなって太股を伝っていた。

窓の外を見上げると、シュトリの姿が目に入った。

——お願い、早くどこかへ行って……。

こんな自分の姿を見ないでほしい。

快感に堕ちた姿など誰にも見てほしくなかった。

「っん…、っふ、ンッ、んん…ぅ」

「なんだ。声を我慢しているのか？」

「あ…ッ、んぅ…っ、んっんっ」

「つまらないことはやめろ。もっと、いつものように啼け」

「ひぁ…ッ、や…っぁ、あっあっ、あぁ…あ……ッ」

「そうだ、もっと啼け」

「いっ、ああっ、あぁあ……っ」

耳元で囁かれる低い声はいつもながら抑揚がほとんどない。

激しい腰使いで責め立てられ、リーナは思わず口元に当てていた手を外してしまう。

自分の声が誰の耳にも届かないことはわかっていたが、外に向かって嬌声を上げることにこの上なく羞恥が募った。

「……リーナ、おまえを捕まえたのはこの私だ」

「つぁ、あっあっ、あぁ…あ……ッ」

「ここは鳥籠だ、出口のない檻だ。決して忘れるな。おまえは、もう二度と飛び立つことはできない」

「あっあっ、ひぁあ…っ、あぁあ…っ、あぁああ……っ！」

今にも達しそうな自分とは違って、彼のほうはさほど息が上がっていない。

最奥を突かれて、リーナは喉をひくつかせる。

首筋に唇を押しつけられると、チリッとした痛みが走ってさらに赤い痕が肌に散ったが、それさえすぐに快感へと変わってしまう。

呑み込まれる。とても逃げられない。

「あぁ、ああ…ッ、ああぁああ――…ッ」

どこまで堕ちていくのだろう。

どうして、彼を嫌いになれないのだろう。

骨が軋むほど抱き締められ、お腹の奥がわなないた。
身体の中心を激しく行き交う刺激で目の前が白んでいく。
リーナは絶頂を迎えながら大空を飛ぶシュトリを見上げる。
自分が本当に籠の中の鳥になったようで、涙が溢れて止まらなかった——。

第六章

リーナが王宮に来てから、平穏な日常は遠いものになってしまった。

フェネクスが部屋にいるときは、ほとんどの時間を彼に抱かれて過ごし、数え切れないほどの絶頂の末に気絶するように眠りにつく。

彼が眠っているところはまだ一度も見たことがない。

自分の横で寝ているのか、それとも別の部屋で休んでいるのかさえわからない。

リーナが眠っている間は起こされることがなく、意識が戻ったときには大抵彼は部屋にいないからだ。

目が覚めると、いつもすぐに着替えと食事を済ませる。

それらはフェネクスの従者が用意しているのだろうが、実際に誰かが持ってきているのを目にしたことはない。あれこれ考えるのが面倒になってしまって、一人でいるときはシュトリが遊びに来るかもしれないとぼんやり空を眺めて過ごしていた。

いつもどおりの日々。

何一つ変わらない毎日。

これが、今のリーナの日常だった。


「――ねぇ、起きてよ。もう昼過ぎだよ。いつまで寝てるの？」

ところが、その日は何もかもが違っていた。

ベッドで眠っていると、誰かに話しかけられる。

大人の男性の声とはまったく違う。少し声が高めの男の子だった。

「ねぇ早く起きて。僕、待つのは嫌いなんだ」

「……ん…、だ…れ……」

「僕？　僕はサイだよ」

「……サイ」

徐々に意識が戻りはじめるも、ほとんどが無意識の会話だった。

夢と現実との区別がつかず、リーナは「サイ、サイ…」と口の中で反芻する。

そのうちに肩を軽く揺すられ、そこでようやく重い瞼をゆっくり開いた。

「――…ひッ!?」

その直後、リーナは小さな悲鳴を上げる。

知らない少年がベッドにのって、覗き込むように自分を見ていたのだ。

「あ、やっと起きた。ずいぶん遅くまで寝てるんだね。もしかして、いつもこうなの？　兄上は、とっくに執務に出かけているのに」

「……な…、なに……」

「なにって、まだ寝ぼけてるの？　サイだよ。さっき答えたでしょ？」

「サ…イ？」

遠慮のない物言いに軽い衝撃を受けながら、リーナは目を瞬かせる。

突然すぎて思考が追いつかない。ぐるぐると考えているうちに、ふと、その少年——サイの後ろにも人がいることにハッとした。

——ど、どういうこと……？

それがフェネクスではないとわかり、リーナは毛布で裸を隠しながら慌てて身を起こす。

しかし、よくよく見てみると、その人のほうは見覚えがあった。

王宮に来たときに出迎えてくれた案内役の男。

フェネクスの従者の一人だ。

「あはっ、目がまん丸だ。びっくりしたんだね」

呆然とするリーナを見て、サイがくすくすと笑う。

何がそんなにおかしいのだろう。

フェネクスの従者はリーナの視線に気づいて目を伏せ、申し訳なさそうに頭を下げている。その謝罪の意味がわからず、眉をひそめてサイに目を移すと、彼はにっこり笑ってベッドから下りた。

「今度はちゃんと自己紹介をしようか。僕はサイって言うんだ。兄上…、フェネクスの腹違いの弟なんだよ。残念ながら、兄上とは全然似てないけどね」

「え……」

「君の名は？　そこの下僕に聞いても教えてくれないんだよ」

「……わ、私は、リーナと……」

「そう、リーナって言うんだね。じゃあ、早速話に移ってもいい？」

「は、話……？」

「僕がここに来た理由だよ。ずいぶん驚いてるみたいだから、説明してあげようと思ってさ」

なんだか、すごく一方的な子だ。

——フェネクスの弟……？

あどけない見た目からするに、フェネクスとはずいぶん年が離れていそうだが、腹違いにしても髪や目の色だけでなく顔立ちや雰囲気も違う。会ったばかりであれこれ話し出すところを見ると、性格もまったく違うようだった。

「このところ、兄上の様子がいつもと違っていたから気になってね。普段は大体決まった時間に王宮内で姿を見かけるのに、最近は時間がまちまちだったり見かけない日もあったりで。夜もしばらく自室に戻っていないようだし、使用人もどこで寝ているか知らないみたいだった。だから気になってそこの下僕のあとをつけたんだ。彼は、ここに食事を運んでいたんだよ。この辺りは王家の者しか入れないはずなのに変だと思ったんだ」

そこまで話すと、サイは後ろの従者をちらっと見やる。

片方の眉を引き上げ、腰に手を当てて呆れたようにため息をつかれた従者は唇を引き結んで床に目を落とした。

サイはしばしその様子を見ていたが、やがてつまらなそうにリーナに視線を戻す。じろじろと舐めるように見られて、リーナは毛布をぎゅっと握り締める。まるで人を値踏みするような不躾な視線だった。

「まさか、あの兄上が女を囲っていたとはね」

「……っ」

「ねぇ、どうやってあの兄上を誘惑したの？　もしかして色仕掛け？　そんなに魅力的な身体なの？」

かわいい顔に似合わず、なんて下卑たことを言うのだろう。

怯《おび》えながら首を横に振ると、フェネクスの従者が遠慮がちに口を挟んできた。

「サイさま…、そのような言い方はおやめください」

「黙れ！　誰にものを言ってるんだ！」

「……っ、申し訳……ありません……」

ほんの少し諫められただけなのに、サイはいきなり声を荒らげる。

従者はすぐに謝罪したが、サイはよほど頭にきたらしい。

一気に不機嫌顔になって、腹立ち紛れにリーナの毛布を無理やりはぎ取ってしまった。

「きゃあ……っ!?」

「あはっ、すごい！　その赤い痕、兄上がつけたんだ!?」

いつも疲れ切って寝てしまうから、毛布の下は生まれたままの姿だ。

だが、それをフェネクス以外に見られるなんて考えたこともなかった。

肌に散る鬱血の痕は一つや二つではない。首筋から胸元、脇腹や腹部、太股の内側など身体の至るところにつけられている。なぜそんなことをするのかリーナにはよくわからなかったが、フェネクスは消えかけたところには新しく痕をつけるから、なくなることはなかった。

「……ぃや……ッ」

リーナは両手で胸を隠して身を縮める。

サイはその様子を見て無邪気に笑い、怯えるリーナに顔を近づけていく。

頬に息がかかるほど近づかれて、さらに身を固くすると、サイは掠れた声でそっと囁いた。

「大丈夫、心配しなくても何もしないよ。僕に見られたことは兄上に内緒にしておけばいいんだ。僕も、君のことは決して誰にも言わないよ。せいぜい、今のうちにたくさん楽しんでおけばいい。兄上はもうじき結婚するんだ。他国の姫が嫁いでくることが決まってるんだからね」

「え……」

瞬間、リーナは目を見開いて声を呑む。

想像もしていなかった話に、頭の中が真っ白になっていく。

それを見てサイは楽しそうに笑い、リーナの銀色の髪に口づけた。

「ふふっ、かわいそう。でも君、なかなか美人だから、兄上が捨てたあとは僕が拾ってあげてもいいよ」

「……っ」

「あ…、そうだ。これを君に……」

サイは甘い声で言うと、ふと思い出したようにリーナの手を握る。

耳元で「預かりものだよ」と囁き、ベッドを離れてにこやかに手を振った。

「じゃあ、またね」

上機嫌な様子で扉のほうに向かい、サイはもう一度こちらを見てくすりと笑う。

そのまますぐに部屋をあとにしたが、リーナはあまりの衝撃で固まったままだ。

結局、サイがなんのために来たのかはわからなかったが、自分でも驚くほど心が乱されていた。

「あ…、あのリーナさま、申し訳ありませんでした」

「……え、あ……」

ややあって、従者に謝罪されてリーナはハッと我に返る。

そういえば、彼はまだ部屋にいたのだ。

見れば、従者はベッドとは反対の壁のほうを向いている。リーナの裸を見ないように配慮してのことだろう。

「サイさまがつけてきているとは気づかず……。本当に申し訳ありません」

「い、いいえ、そんなに気にしないでください。あと、もうこちらを向いても大丈夫です。その…、毛布で隠しましたから……」

「は…、はい……」

彼が悪くないのはわかっているし、そう何度も謝られても居心地が悪い。

毛布で身体を隠すと、リーナは従者に声をかける。

従者はほっと息をついてこちらに向き直ったが、その顔は酷く青ざめていた。

サイに知られたことが、そんなに問題だったのだろうか。少なくとも、先ほどの話を聞く限りでは兄弟仲がそれほど悪いようには感じなかった。

「あの、私…、このことは誰にも言うつもりはありません」

「え……？」

「フェネクスにも黙っているつもりです……」

「それは、なぜですか？」

「特に理由があるわけでは……。今は話す気になれないだけです」

別に従者を庇おうというわけではなかった。

サイのことを話したところで何かが変わるとは思えない。

それどころか、ほかの男性に裸を見られたと知られれば、リーナのほうが碌なことにならない気もした。

「……そう…ですか。でしたら、この件はのちほど私から陛下にお伝えいたします」

「え…っ、でもそれではあなたが……」

「私ですか？　これは私自身の失態ですので、隠し立てすることは不義になります。もちろん、リーナさまの不利になるようなことまで申し上げるつもりはありませんので、その点はご心配なさらず……」

「は、はい……」

失態とか不義とか、彼はずいぶん責任感が強いようだ。

フェネクスの従者としては当然なのかもしれないが、リーナを気遣う様子が感じられたことは正直言って意外だった。

ふと、テーブルのほうを見ると、料理の皿が並べられている。

近くにはワゴンがあり、ドレスも用意されていた。

いつもリーナが起きるまでに、彼が準備してくれていたのか。

ほかにも従者はいるので彼一人でしていたとは限らないが、今日は目の前の彼が持ってきてくれたようだった。

「あの…、一つお聞きしてもいいですか？」

「なんでしょうか」

「先ほどの、サイ…さまは、フェネクスとはそんなに仲が悪いのですか？」

「……そんなに…とは？」

「あなたが、すごく青ざめていたので……。今のことを知られたら、フェネクスに怒られてしまうのでしょう？」

「まっ、まさかそのような……っ！　陛下はみだりに感情をあらわにする方ではありません。我々には到底及ぶことのできない高尚な精神をお持ちなのですから……っ！」

「……え……」

思わぬ力説にあい、リーナはぽかんとする。

確かにフェネクスは感情を表に出すことはほとんどない。

むしろ、喜怒哀楽がないのではと思うほどだったが、人によって解釈の仕方がずいぶん違うみたいだ。

——それとも、私が理解できていないだけ……？

反応に困っていると、従者がハッとした様子で頭を下げた。

「申し訳ありません。つい力が入ってしまいました」

「い…、いえ……」

「ですが、私は陛下ほど崇高《すうこう》な方はいないと思っています。これまで、決して恵まれた道を歩んできたわけでもなく、むしろ人一倍苦労されてきたというのに……。サイさまとの関係も周りからは悪いようには見えませんが、すべて陛下の寛大さがあってこそです。私などが想像するのはおこがましい話ですが、陛下自身は果たしてどれほど複雑な想いをなさっているのか……」

「……それは、どういう……？」

なんだか、話がよく見えない。

フェネクスとはずっと手紙でやり取りしてきたが、内容はたわいないものばかりで込み入った話などしたことがなかった。

だから、崇高と言われてもよくわからないし、国王になるまでの苦労も知らない。

当然、サイとの関係についても推して知ることさえできない。何せリーナは、フェネクスに義弟がいることもつい先ほど知ったくらいなのだ。

「もしや、何もご存じないので？」

「は、はい……」

リーナの反応で、ようやく気づいてくれたらしい。

素直に頷くと、従者は少し驚いた様子でこちらを見つめていた。

「あ…、そういえば、二人は腹違いの兄弟って……」

「えぇ、そうです……」

「ということは、フェネクスが複雑な気持ちになるのは母親が違うからですか？」

「……それは……」

ふと、サイの自己紹介を思い出し、リーナはなんの気なしに問いかけた。

だが、従者は急に強ばった表情になって俯いてしまう。

——何か変なことを言ってしまったのかしら……。

そのまましばし沈黙が流れたが、やがて従者は気持ちを切り替えるように頷くと、リーナに目を戻した。

「——母親が違う……、確かにそれがすべての原因だったのかもしれません。陛下が王位を継がれるまで、この王宮はサイさまの母君に支配されていたようなものでした」

「え……」

「サイさまの母君はこのアルティアの王族出身で、王宮内でもそれなりの発言力を持っている方だったのです。対して陛下の母君は異国から嫁いできた方で……、アルティアより力が弱い国だったため、当初は弱小国家の姫と蔑まれることもありました。当然、王宮内での力関係はサイさまの母君のほうが上で、陛下の母君は肩身の狭い想いをしながら、いつも息をひそめるように過ごしていらっしゃいました。しかし、そうして蔑まれてきた方が世継ぎとなる御子をお産みになったことで立場が逆転したのです」

「世継ぎ……。フェネクスのこと…ですか？」

「えぇ…、しかしそのことが、すべてのはじまりでもありました。サイさまの母君は嫉妬と欲に狂い、陛下と陛下の母君を失墜させようとあらゆる手段を用いて実行に移していったのです。あと一歩でお二人が命を落としていたということも一度や二度ではありません……。のちに産み落としたご自分の御子…、サイさまを世継ぎにしたいという思いがあったにせよ、それは口にするのも躊躇うほどの醜《みにく》さでした。そして、そのような日々が何年も続いたあるとき、もともと大人しく争いを好まなかった陛下の母君は心痛でお倒れになり、あっという間にこの世を去ってしまわれました」

「そんな……っ」

そこで、リーナは思わず大きな声を上げてしまう。

慌てて口を噤んだが、動揺を隠せない。

従者は硬い表情で目を伏せると、重い口調で続きを口にした。

「……ですが、不幸はそれで終わりませんでした。陛下の母君が亡くなって間もなく、今度は先代の国王陛下が病で倒れられたのです。国中から名医を集めるも病の進行はあまりに早く、お亡くなりになるまで一か月もありませんでした……。しかし、先代の国王陛下は病に臥しながらも、王国の行く末を案じていたのでしょう。陛下を世継ぎとする遺言状を残し、そこでようやく争いに終止符が打たれたのです。サイさまの母君は…、失意の中で自ら命を絶つという最期を遂げました。それが、本当の意味ですべてが終わった瞬間だったのかもしれません。皮肉なのは、人々から嫌悪されるほどの醜態《しゅうたい》を晒し続けたことで、サイさまの母君の死に安堵する者のほうが遥かに多かったことです。王宮内には、残されたサイさまの居場所さえありませんでした」

「……そんな…ことが……」

従者はリーナの言葉に頷き、大きく息をつく。

よく見ると、おでこには深い皺《しわ》が刻まれている。

若そうに見えたが、思ったよりも年齢がいっているのかもしれない。先代の国王やフェネクスたちの母のことをここまで詳細に知っているのだから、当然といえば当然ではあった。

しかし、リーナには計りしれないほど恐ろしい話だ。

――これが王宮内での出来事だなんて……。

フェネクスは、次々人が死んでいくところを見てきたというのか。

それも身近な人ばかりだ。とてもではないが、自分だったら平常心でいられそうになかった。

「でも、サイ…さまは、どうして今も王宮に……？　居場所がなかったはずでは……」

「それは、陛下がお許しになったからです」

「え……」

「あ、いえ、お許しになったというのは語弊があるかもしれません。サイさまの母君が亡くなったあと、周囲はこのままサイさまを王宮に留まらせては政争の火種になりかねないと危惧していました。ところが、皆の不安をよそに、サイさまは陛下に親愛の情を示し、病弱を理由に国王の弟としての権力をほとんど放棄してしまったのです。そして、陛下がそれを黙って受け入れたため、周りはサイさまに居場所を与えたと解釈したというのが実際のところです。ですから、陛下自身のお考えは誰にもわかりません」

「そういうこと…だったんですね」

「年齢も離れていますし、今のお二人は傍から見れば仲のいいご兄弟です。ただ、先ほどのようにサイさまは陛下以外の前だと横暴な一面を垣間見せることもあるので……。そのせいで、辞めてしまう使用人もいましたし……」

従者は僅かに顔をしかめて唇を引き結んだ。

彼はサイにあまりいい感情を持っていないのかもしれない。

けれど、先ほどのことを思うと妙に納得してしまう。リーナがぎこちなく頷くと、従者は苦笑を浮かべて顔を上げた。

「しかし、たとえサイさまがどんな方であろうと、この国の未来には関係ありません。アルティアを統治できるのは陛下だけです。陛下だけがシュトリさまを——、『王家の象徴』を従えることのできる唯一の方なのですから」

「シュトリ……？」

「シュトリさまは、初代の国王陛下が従えていた鷹の末裔なのですよ。アルティアは長い騒乱の末に築かれた王国です。そのときから、鷹は平和の象徴としても扱われてきました。ほんの少し傷を負わせただけで、誰であろうと罪に問われるほどです」

「そ…っ、そうなんですか？」

「ええ、それに王家の鷹は、国王となる者にしか従いません。実に不思議ですが、王家の鷹にはそれを嗅ぎ分ける力があるようです。これまでも、先代の国王陛下の鷹もそうでした。ただ、その先代の国王陛下の鷹が突然死したときは、さすがにどうなることかと思いましたが……」

「……突然死。そういえば、フェネクスがそんなことを言っていたような……」

「そうですか……。あれは陛下が王位を継いで間もない頃でした。数日前にシュトリさまが卵から孵ったばかりで……。実に痛ましい出来事でした」

そう言って従者は目を伏せ、小さく首を横に振る。

神妙なその表情からは当時の衝撃が多少なりとも伝わってくるようだった。

――この国にとって、鷹がそんなに大事な存在だったなんて……。

フェネクスからそれとなく話は聞いていたが、あのときはピンときていなかったのだ。

今の話で五年前、フェネクスが一人でシュトリを探しに出かけた理由がやっとわかった気がする。シュトリの親鳥が死んでしまったこともそうだが、シュトリが飛行訓練中にいなくなったことも彼にとって一大事に違いなかった。

「少しおしゃべりが過ぎましたね」

「あ、いえ、そんなことは……。けれど、どうして私にこんなに話をしてくださるのですか？」

「それは……、五年前のあの日、いなくなった陛下を探しに行った先であなたを見たときから、こうなる予感が……――」

「え？」

「……いえ……。ともかく、我々はただ進んでいくのみです。リーナさまには申し訳ない気持ちもありますが……、後悔はありません。では、失礼します」

「あっ、あの……っ!?」

五年前？　どうして彼がそのことを……？

リーナが問いかけようとすると、従者はそこで一方的に話を切ってしまう。

素早い動きでワゴンを押して扉に向かうが、その間も口を閉ざしたままだ。

扉に手をかけたところで、リーナはもう一度声をかけようとしたが、従者は目を合わせることなく一礼して部屋を出て行ってしまった。

――彼は、五年前にフェネクスを迎えに来た人だったの……？

ベッドにぽつんと座り、リーナは呆然としていた。

五年前のあのとき、フェネクスを迎えに来た男性がいたことは記憶しているが、さすがに顔までは覚えていなかった。

それにしても、『こうなる予感』とはどういう意味だろう。

まさか、五年後にリーナをこんなふうに閉じ込めることを予感していたわけではないだろう。少なくとも、あの従者はサイのようにリーナを下卑た目で見るようなことはしなかった。

——なんだか、頭の中がいっぱいだわ……。

いっぺんにたくさんのことが起こって考えがまとまらない。

リーナはしばしベッドの上で考え込んでいたが、身じろぎをしたとき、ふと手に何かを握っていることに気づいた。

「……これって」

そういえば、サイが部屋を出る前に何かを渡されたのだ。

手を広げると、そこにはくしゃくしゃになった白い紙があった。

リーナはその白い紙を広げ、こくっと喉を鳴らす。


『必ず助けに行きます』


書き殴ったような文字で、白い紙にはそれだけ書かれていた。

裏側も確認するが、ほかには何も書かれていない。

サイはあのとき『預かりもの』と言っていた。

誰から預かったというのだろう。もしや、サイはこれを渡すためにこの部屋に来たのだろうか……。

「まさか、スチュワードさま……？」

リーナはハッとしたが、今ひとつ腑《ふ》に落ちない。

いつも王宮に出入りしているスチュワードならサイとも話す機会があるかもしれない。

しかし、今までなんの音沙汰もなかったのに、どんな心境の変化があれば助けようという気になるのだろう。

——たとえこれがスチュワードさまの手紙だったとしても、そんなに簡単にいくとは思えないわ……。

フェネクスはここを鳥籠だと言っていた。

出口のない檻だと、二度と飛び立つことはできないと言ったのだ。

リーナが王宮から脱出したとわかれば、フェネクスはきっとただではおかないだろう。

楔を打つように激しく抱かれた記憶が頭を過り、リーナはベッドの下に手紙を隠す。

とてもではないが喜べない。自分を助けてくれようとする人がいると知れただけで充分だった。

『——どのみち、兄上はもうじき結婚するんだ。異国の姫が嫁ぐことが決まってるんだからね……』

そのとき、不意にサイの囁きが頭を過り、リーナは身を固くする。

——だったら、あれは……？

みるみる自分の顔が強ばっていくのを感じた。

あれは、本当なのだろうか。

フェネクスは、もうじき結婚するのだろうか。

それなら、どうして自分はここにいるのだろう。

相手がいるのに、なぜ檻など用意する必要があったのだろう。

——一時の欲望を満たすために連れて来られただけ……？

考えた途端、心の奥がずんと重くなる。

自分に何が起こったのかわからぬまま、リーナはカタカタと震え出す。身体まで重くなったようで、小刻みに肩で息をしながらベッドに横になった。

毛布を被っているのに、今にも凍ってしまいそうなほど身体が冷たい。

リーナは頭まで毛布を被って枕に顔を押しつけ蹲る。

どうしようもなく全身が寒くて、胸が苦しくて仕方ない。

何よりも、自分がショックを受けていることに激しく動揺していた。

「——リーナ？」

「……ッ！」

と、その直後、毛布の向こうから突然声が響く。

いつ戻ってきたのだろう。声でフェネクスとわかり、リーナの身体は硬直したように動かなくなった。

「リーナ、どうしたんだ？」

身動き一つせずにいると、足音が近づいてくる。

今は顔を見られたくない。

なんとかやり過ごせないかと思ったが声が出ない。

やがて毛布ごと抱き上げられ、仰向けでフェネクスの膝にのせられてしまう。途端に彼の顔が間近に迫り、いきなり頬や唇、喉などを触られた。

「どうした、体調が悪いのか？」

「……あ」

「熱はなさそうだが……、身体がやけに冷たいな」

蹲っていたから、体調が悪いと勘違いしたのだろう。

フェネクスはリーナの前髪を掻き上げ、手の甲でおでこに触れてくる。

ほとんど表情に変化はないけれど、その手つきはとても優しい。

もしかしたら、心配してくれているのかもしれなかった。

「……胸…が…」

「胸？」

「胸が苦しくて……」

「どの辺りだ？　どこが苦しい？」

「……真ん中……」

「ここか？」

「ん……」

声を絞り出すように答えると、フェネクスはすかさず言われた場所を擦りはじめる。

大きな手だ。こんなに温かかっただろうか……。

だが、いくら擦ってくれても少しもよくならない。

それどころか、苦しくなる一方だった。

「……少し待っていろ。医者を呼んでくる」

「え…？」

「おまえはここで寝ているといい」

そう言ってフェネクスは反対側の手でリーナの頬をそっと撫でた。

そのまま自分の膝から下ろそうとしてか、彼は胸の辺りを擦るのをやめてリーナの背中に腕を回そうとした。

「いや…ッ！」

「リーナ？」

「……、……あ」

咄嗟に大きな声を出してしまい、リーナは間を置いて我に返った。

フェネクスは動きを止めて僅かに目を見開いていた。

きっと変に思われたに違いない。彼が離れていってしまうと思ったら無意識に声を上げてしまっていた。

「あ、あの…っ、そこまで酷いわけじゃないの……。お医者さまはいらないわ……」

「だが」

「ほ……っ、本当に大丈夫だから。このまま撫でてくれるだけで……、それだけで充分だから……」

「撫でるだけ？　そんなことで治るのか？」

「ええ、それでいいの。それだけで……」

自分でもどうしてここまで頑なに医者を拒絶しているのかわからない。

ただ、どこにも行ってほしくなくて、フェネクスに撫でてほしいと言わんばかりの要求を口にしていた。

懇願するように見つめていると、少ししてフェネクスはリーナを抱え直し、再び胸元を擦りはじめる。途端に不安な気持ちが落ち着き、不思議と胸の苦しみも和らいでいくようだった。

——私、何をしているの……？

優しい手の動きに、リーナは唇を震わせた。

急に涙が溢れそうになって呼吸が乱れてしまう。

フェネクスに気づかれたくなくて、深く息をついて瞼を閉じた。

すると、大きな手の感触が一層はっきり伝わって、胸が上下するときに彼の小指と親指が時折乳首を掠めていることに気がつく。なるべく意識しないように努めたが、リーナの呼吸はますます乱れていった。

そんな姿に煽られたのか、フェネクスの手にも熱が籠もっていく。

手の動きは優しいままだったが、みるみる熱くなっていくのがわかるのだ。

肩で息をしながら目を開けると、フェネクスと間近で目が合う。

淫らに濡れた青い瞳。宝石のような美しい双眸がリーナだけを捕らえていた。

「……ン…」

やがて、視界がぼやけるほど顔が近づき、唇が重ねられる。

僅かに開いた唇の隙間から舌を差し込まれ、リーナの舌先をやんわりと突いてきた。

しかし、いつもならすぐに苦しいほど舌を搦め取ってくるのに、その動きには遠慮が感じられる。リーナの舌の上や上あごを舌先で軽く撫でると、彼はそこであっさり唇を離してしまった。

――どうしていつものようにしないの……？

窺うように見つめていると、フェネクスはリーナを膝から下ろす。

一瞬、離れていってしまうのかと思ったが、彼はそのままリーナの隣に横になって胸元にそっと手を置いた。

「……フェネ…クス……？」

「よくなるまで、ずっと撫でていてやる」

「え……」

「安心しろ、今日は何もしない。たまにはこういう日があってもいいだろう」

「……っ」

フェネクスは掠れた声で囁き、リーナの胸を撫で擦っていく。

労るような手の動き。潤んだ眼差し、深い吐息。

心なしか、声まで優しく聞こえた。リーナはまた涙が溢れそうになって、それを隠すように慌てて彼の腕に顔を埋めた。

――どうして今日に限って優しくするの……。

今まで、こんなふうに触れられたことはなかった。

これまでは、欲望をぶつけるようなことしかしてこなかった。

もっと酷くすればいいのに、そのほうがずっと楽だったなんて知りたくなかった。

もうじき結婚するくせに、こんな気持ちにさせるなんてあんまりだ。彼にそういう相手がいたことに傷ついている自分が滑稽《こっけい》でならなかった。

胸が痛むのは、自分にとってフェネクスが特別だからだ。

あれだけのことをされても、リーナはフェネクスを信じたいと思っていた。

彼は意味もなく酷いことをする人じゃない。

自分を必要としている。ほかでもない、自分を望んでくれている。

彼にとっても自分は特別だと思っていた。たった一人の友達という理由だけで、受け入れられることではなかった。

――優しくしないで、お願いだから酷くして……。

心の中で懇願したけれど、彼はいつの間にか手を止めて躊躇いがちにリーナを抱き寄せる。

ふわりと彼の匂いが鼻腔をくすぐり、鼻の奥がつんとした。

リーナは震える手でフェネクスの服を皺になるほど握り締める。広い胸板に顔を埋め、頬に熱いものが零れ落ちるのを誤魔化すしかなかった。

第七章

――翌日。

その日もリーナは、昼過ぎまでうとうとしていた。

昨夜はかなり早く寝たはずなのに、なかなか起きられない。

フェネクスはリーナを抱き締めるだけで、本当に朝まで何もすることはなかった。

朝になって彼が起きたときに自分も目が覚めたのに、まだ寝ていろと言われてずっとこんな状態でいた。

「……う…ん」

小さな欠伸《あくび》をして、リーナはうっすら目を開ける。

天蓋の布を引いて窓の外を見ると、すでに日が高くなっていた。

こうしている間も、彼はいつものように公務をこなしているのだろう。

フェネクスは部屋を出たきりで、まだ戻る様子はない。昨日もリーナが先に寝てしまったからフェネクスの寝顔は見ていないが、朝になって目が覚めたとき、彼もまだ微睡《まどろ》みから抜け出たばかりで眠そうな顔をしていた。

あれほど静かな夜は、ここに来てはじめてだった。

これまでも、あんなふうに隣で眠っていたのだろうか。

サイは、ここしばらくフェネクスは自室に戻っていないと言っていた。

あの様子を思い返せば、リーナの存在を周囲に秘密にしていたことは明らかだ。

だとしたら、周りに不審に思われていても不思議ではないのに、フェネクスは夕方になる前にはいつもリーナのもとに戻ってきていた。

「私は、いつまで鳥籠の中……？」

リーナはぽつりと呟き、青空を見上げた。

頭に浮かぶのは彼のことばかりだ。

思えば、こんなにも誰かの傍で過ごしたことはなかった。

父は多忙な人で、リーナは幼い頃からいつも寂しい想いをしてきた。

けれど、ここではそんなふうに感じたことが一度もない。

目が覚めたときに誰もいなくても、常にフェネクスを近くに感じていた。

『……リーナ、おまえを捕まえたのはこの私だ。ここは鳥籠だ、出口のない檻だ。おまえは、もう二度と飛び立つことはできない』

彼の囁きを思い出すと、どうしようもなく胸が痛む。

目を閉じるだけで、フェネクスの上気した顔が浮かんでくる。

汗の匂いや淫らな息づかいが鮮明に蘇り、無意識に手を伸ばしてしまいそうになった。

――これじゃ、ここにいるのを望んでいるみたい……。

リーナは唇を嚙みしめ、ぐっと拳を握る。

そんなわけがない。

こんな異常な状態が続いているせいだ。

だから、思考がどんどんおかしな方向に行ってしまうのだ。

自分に言い聞かせるように首を振ると、リーナは身を起こしてベッドから下りる。

そのままテーブルのほうに向かい、近くに置かれた衣装掛けからドレスを外して身に纏う。どうせすぐに脱がされるだろうが、裸のままでいるのはやはり抵抗があった。

「……あ、シュトリ」

着替えを済ませると、リーナはふと窓の向こうに目を移す。

大きく蛇行しながら近づく鳥が目に入り、すぐにそれがシュトリだと気がつく。

今日も遊びに来てくれたのだと思い、リーナは窓に手をかけようとした。

ところが、そのとき、

――ガチャッ、ガチャガチャガチャ……ッ。

扉のほうから突然激しい音が響いてきた。

「な…、なに……？」

リーナは息を呑み、肩を竦めて部屋の扉を振り返った。

音を立てながら左右に揺れるドアノブを見て、誰かが扉を開けようとしているのはすぐに理解したが、なんだか様子がおかしい。

フェネクスや彼の従者なら、部屋に鍵がかかっているのはわかっているはずだ。

あんなふうに強引に扉を開けようとするのは、普段ここに出入りしていない者だとしか思えなかった。

——ガチ……。

息をひそめていると、不意に音が止まる。

途端に辺りが静まり返り、リーナはごくんと唾を飲む。

一瞬、諦めて去ったのかと思ったが、ややあって、『カシャン』と先ほどとは違う金属音が小さく響いた。

——鍵の開いた音……？

どうやら、鍵を持っていたらしい。

ならば、どうしてはじめから使わなかったのだろう。

リーナは妙な違和感を抱きながら、身を固くして扉が開く様子を見つめていた。

「——あ」

扉が開くと、そこには衛兵姿の大男がいた。

見たところ、ほかには誰もいない。

しかし、その男の顔を見た瞬間、リーナは思わず声を呑む。

欠片も想像していなかった人がそこにいたからだった。

「バ…ルカン？」

「……あ……、リーナさま……」

男は廊下のほうを気にしながら、一歩部屋に足を踏み入れてこちらに顔を向ける。

窓辺に佇むリーナに気づくや否や、泣き笑いのような顔を浮かべてこちらに駆け寄ってきた。

「リーナさま、よくぞご無事で……──」

バルカンだ。間違いない。

リーナは目を疑う気持ちで、すぐ傍で立ち止まるバルカンを見上げた。

ところが、言葉の途中でひゅ…と彼の喉が鳴り、それきり黙り込んでしまう。

見れば、バルカンの視線はリーナの首の辺りから胸元にかけてを行ったり来たりしている。首を傾げていると、彼は顔を蒼白にしてギリッと歯を噛みしめた。

「……なんて酷いことを……っ」

「え？　……あ……」

少し遅れて、リーナはハッとする。

彼が自分の肌につけられた鬱血の痕を見ていることに気づいたのだ。

慌てて首元を手で隠したが、フェネクスのつけた痕は鎖骨から胸の膨らみにかけて至るところに散っている。胸元が大きく開いたエンパイアドレスではすべてを隠すことなどできなかった。

「リーナさま、逃げましょう！」

「……え？」

「今すぐここを出るんです！　こんなところに、もう一時でもいさせるわけにはいきません……ッ！」

「え、で、でも……」

「何を躊躇っているんですか！　俺の手紙、受け取りませんでしたか？　あなたを助けに来たんですよ！」

「……ッ!?　あれはバルカンだったの……？」

「えぇそうです！」

「わ、私てっきり……」

「話はあとにしましょう。今はとにかくここから出なければなりません。リーナさま、行きましょう！」

「あ…っ!?」

バルカンはリーナの手を摑むと、ぐいぐいと扉のほうに引っ張っていく。

リーナは戸惑いの声を上げるが、彼は焦った様子で強引に部屋から連れ出そうとしていた。

——ここから出る……？

いきなり過ぎてどうしていいかわからない。

確かに手紙は受け取ったけれど、リーナは漠然とスチュワードからだと思っていた。

手紙を持ってきたのはフェネクスの義弟だ。普段から王宮に出入りしているわけでもないのに、バルカンがサイと面識があるなんて考えもしなかった。

「ま、待っ——…」

「リーナさま、こっちです！」

引っ張られるようにして部屋を出ると、バルカンはすかさず廊下を指差す。

長い廊下が目に入り、リーナは立ち止まりかけたが、手を引っ張られてさらに進むように促された。

彼は僅かでも止まるつもりはないのだ。

——もうあんなに遠い……。

リーナは廊下を進みながら自分がいた部屋のほうを振り返る。

どんどん部屋が小さくなって胸の奥がざわついたが、怒りに満ちたバルカンの横顔を見たら言葉にはならなかった。

気づけば、自分たちは長い廊下を抜け、とても広いフロアを走っていた。

この辺りにはなんとなく覚えがある。一度だけあの部屋から逃げたときに通った場所だった。

「そこの階段から下りましょう。転ばぬように気をつけてください！」

「え、えぇ……」

それから間もなく、階段が見えてくる。

バルカンに手を握られているから、自分の速度で下りることなんて到底できない。

リーナは転ばないように注意を払うのに精一杯で、とてもではないがほかのことに気を回していられなかった。

「――貴様っ、何をしている⁉」

「……ッ⁉」

ところが、一つ下の階まで駆け下りた直後だった。

突然、廊下のほうから怒声が響いてきて、リーナは思わず足を止めてしまう。

バルカンも一瞬足を止めたが、振り向こうとはしない。気づかなかったふりをするつもりか、そのまま階段を下りようとしていた。

きっと、その行動で怪しまれたのだろう。

声の主はリーナたちのいる階段まで駆け寄ると、いきなりバルカンの肩を強く押した。

バルカンが僅かによろめいたところで、素早い動きで自分たちの前に立ちはだかり、行く手を阻んできたのだ。

「うぉ……っとと。あ、危ねぇ……っ」

「なぜ貴様がここにいる。自分が何をしているのかわかっているのか⁉」

「……え？　あんたは……」

バルカンはすぐに体勢を立て直したが、自分たちの前に立ちはだかる男を見た途端ごくっと喉を鳴らした。

驚くのも当然だ。

リーナだって驚いていた。

逃亡中、この場所で『彼』に声をかけられたのは二度目だった。

「スチュ…ワードさま」

「……リーナ」

呆然と立ち尽くしていると、不意に彼――スチュワードと目が合う。

スチュワードは急に強ばった表情になって、リーナから目を逸らすように視線を床に落とした。

「このフロアには陛下の自室があるから、誰もいないときでも近衛隊が待機していることが多いんだ」

「そ…、そう…だったのですか」

「あぁ、前に君と会ったときも巡回の途中だった」

「……そ…う……ですか……」

ぎこちない相槌に、スチュワードは目を伏せて頷く。

だが、リーナのほうはそれ以上の言葉が見つからない。

スチュワードは、リーナがフェネクスに連れて行かれたところを見ていた。

それなのに、何事もなかったかのようにいつもどおりの日々を送っていたのだ。

あの時彼に助けを求めたところで手を差し伸べてはくれなかっただろう。目を逸らされた瞬間、リーナにはそれがわかってしまった。

「おい、あんた…っ、リーナさまがここにいることを知ってたのかよ……？　だったら、どんな目に遭ってたのかも知ってたってことか!?　なんでそんなに平気そうな顔してんだよ……。あんた、リーナさまを気に入って会いに来てたんじゃないのかよッ!?」

すると、話を聞いていたバルカンがスチュワードに詰め寄っていく。

わなわなと拳を握り、目を充血させて怒りをあらわにしていた。

しかし、スチュワードは一瞬顔色を変えるも、それで退くことはしない。しばしバルカンと睨み合ってから、自嘲気味に唇を歪めた。

「確かに、彼女を気に入っていたよ。僕を好きにさせる自信もあった」

「それなら……ッ」

「だけど、輝かしい将来を棒に振ってまではね……」

「……ッ、国王の犬がッ！　昇進の約束でもしてもらったか!?」

「それは罵倒《ばとう》のつもりかい？　陛下の犬なら光栄だ。いくらでも尻尾を振ってみせようじゃないか」

「こ…の……っ！」

怒りに満ちた様子のバルカンと、一見冷静そうなスチュワード。

バルカンが自身の剣を抜くと、スチュワードも素早い動きで腰元の剣を抜く。

一気に緊張が高まり、まさに一触即発だ。

だが、冷静さを欠いていたように見えたバルカンだが、不意にリーナを軽く突き飛ばして自分はその前に出る。それは、少しでもリーナを危険な目に遭わせないようにと思っての行動だったのだろう。

「遅いッ！」

けれど、その分だけ後れを取ることは避けられなかった。

直後にスチュワードが剣を振り下ろし、ガン…ッと激しい金属音が鳴り響く。

バルカンは両手で構えた剣でその衝撃を受け止めていたが、いきなり本気で向かってくるとは思わなかったようだ。忌々しげに「クソが…」と低く呟きながら、続けざまに打ち込まれる二手目もなんとか受け止めていた。

それでも、防戦一方ではいずれはじり貧になってしまう。

ガンッ、ガン…ッとフロア中に鳴り響く金属音にリーナはがくがくと脚を震わせる。

止める間もなくはじまった戦闘の激しさに声も出ない。

スチュワードの振り下ろす剣を受けるばかりのバルカンの背中を見ているだけで、完全に足が竦んでしまっていた。

——勝てるわけないわ。スチュワードさまは兵士なのよ……っ。

それもただの兵士ではない。近衛隊の隊長なのだ。

国王を守る役目を担っている相手に、どうしたら勝てるというのだろう。

バルカンが勝《まさ》っているのは体格くらいなものだ。だがその屈強な身体も、隙のない動きで剣を打ち込まれるうちに、徐々に後退している。リーナはせめて邪魔にならないようにしなければと、そこから何歩か移動するのが精一杯だった。

「……なんだ、こんなもんか」

そのとき、バルカンがぼそりと呟く。

耳を疑うような言葉に、リーナは顔を引きつらせた。

勝っているほうが言うならともかく、押し負けているバルカンが言う言葉ではない。

一瞬、聞き違いかと思ったが、バルカンは喉の奥で笑いを噛み殺すと、そこではじめて自分の剣を振りかぶった。

「させるか…ッ！」

しかし、それより前にスチュワードが剣を振り下ろす。

がら空きの胴体を狙われているのがわかり、リーナは身を縮めて悲鳴を上げた。

先ほどのは単なる強がりだったのだ。圧倒的な力の差を前に、もはや為す術のない状況だった。

――ガァ…ン…ッ！

その直後、辺りにけたたましい金属音が響き渡る。

バルカンとスチュワードは、剣を振り下ろした状態で止まっていた。

ふと見ると、床には剣が一本だけ転がっている。

だが、バルカンの手にはしっかりと剣が握られたままだ。

対して、スチュワードの手には何も握られていない。

あのけたたましい金属音は、バルカンがスチュワードの剣をたたき落としたものだったのだ。

「え……っ!?」

一拍置いて、スチュワードは自身の手元に何もないことに驚嘆している。

その目は血走り、額からは大量の汗が噴き出していた。

本気でバルカンを殺そうとしていたのが窺えたが、何が起きたのかまるで理解できていないようだった。

「よそ見してる場合か。これで終わりだ！」

「……ッ!?」

その直後、バルカンはスチュワードに肩から突っ込んでいく。

スチュワードは完全に狼狽えていた。

この状態で身長も体重も圧倒的に上の相手を受け止めることなど不可能に近い。

為す術もなく吹っ飛ばされると、スチュワードは後方の壁に背中を打ち付けて床に倒れ込んでしまった。

ところが、バルカンの猛攻はそこで終わらない。

すかさずスチュワードを仰向けにしてのしかかり、躊躇うことなく剣の柄を鳩尾《みぞおち》に振り下ろしたのだった。

「うっ……っ、ぐ……」

「──っがは……ッ」

スチュワードは目を見開き、口をパクつかせて喉を反らす。

鳩尾に打ち込まれては一溜まりもない。

低い呻き声を上げると、やがて白目を剥いて動かなくなる。スチュワードはぐったりして完全に気絶しているようだったが、バルカンはしばしのしかかった状態で、息を弾ませながら様子を窺っていた。

「……リーナさま、大丈夫ですか？　危ない目に遭わせてすみませんでした」

少しして、バルカンはふと思い出したようにこちらに顔を向ける。

額に浮かんだ汗を腕で拭うと、大きく息をついてリーナのもとに戻ってきた。

「では、行きましょう」

しかし、リーナは驚きのあまり返事もできない。

バルカンに手を差し伸べられても、立ち尽くしたまま呆然と彼を見上げていただけだった。

「……リーナさま？」

「え…？　あ…、彼は気絶してるだけ……？」

「えぇ、そうです。時間が経てば自然と目覚めるはずです」

「そ、そう……」

「いきなり斬りかかってくるとは思わなかったので驚きましたが、この程度の相手で助かりました」

「この程度って、スチュワードさまは近衛隊の隊長……」

「……まぁ…、剣の型は綺麗だったと思います。ただ、あくまで演習向きというか、剣が軽すぎるんですよ。こいつはたぶん実戦の経験がほとんどないのでしょう。アルティアみたいな平和な国にいては仕方のないことですが……」

言いながら、バルカンは慣れた動作で腰元の鞘《さや》に剣を戻す。

——バルカンが、こんなに強かったなんて……。

リーナは圧倒されながら、ぎこちなく頷く。

あの戦闘のさなかに、ここまで冷静な分析をしていたとは思いもしなかったが、考えてみれば彼はもともと父の仕事の手伝いをしていたのだ。

ここは島国ゆえに、アルティアの商人たちは外国との交易に船を使う。

その際に海賊に襲われて戦闘になることもしばしばで、時に傭兵並みの能力も要求されると聞いたことがある。バルカンは今でこそリーナの護衛役として屋敷にいることが多いが、腕っぷしが強くなければそんな役目を任されたりはしない。これまでは身体を張って守られるようなことがなかったから、リーナは彼をお目付役程度にしか認識していなかったのだ。

——だけど、このまま去って大丈夫かしら……。

リーナはスチュワードに目を移し、ごくんと唾を飲み込む。

彼は完全に気を失ってぴくりとも動かないが、このままにしておけば騒ぎになりかねない。バルカンだって一人を相手にするだけならともかく、大勢を相手に戦うのは難しいに違いなかった。

「おい、おまえたち、そこで何をしている……っ!?」

「……ッ」

そのとき、廊下のほうから声が響いてくる。

リーナはハッと息を呑み、バルカンを見上げた。

今の騒ぎを聞きつけたのだろう。あれだけ激しく剣をぶつけ合っていれば気づかれて当然だった。

「リーナさま、行きましょう！」

「で、でも……」

「大丈夫です、あなたは俺が必ず守りますから……ッ！」

「あ…っ!?」

バルカンは強引にリーナの手を掴むと、階下へと引っ張っていく。

リーナはあまりの勢いに転ばないようについていくことしかできない。

けれど、どうしようもなく不安だった。

現に、一人の兵士が自分たちを追いかけて来ているのだ。スチュワードが倒れているのを見て、バルカンが衛兵ではないと気づいたからだろう。

「あなたは俺が守ります！　絶対に、何があろうと……ッ」

それなのに、彼は何を言っても聞こうとしない。

王宮から出る頃には自分たちを追いかける兵士の数はさらに増えていたが、バルカンは怯むことなくリーナを連れて裏庭のほうへと向かう。

なんとか厩舎《きゅうしゃ》へ逃げ込むと、彼は息も切れ切れのリーナを強引に馬の背に乗せた。

聞くまでもなくその馬は王宮のものだったが、バルカンは気にする様子もない。

そのままリーナを抱えるようにして後ろに跨がると厩舎を飛び出し、王宮を出るべく全力で駆け抜けていった――。

❀　❀　❀

一方、その頃、フェネクスはまだ執務室にいた。

ここには朝から籠もりっきりでいたが、すでに昼を過ぎている。

昨日は何もしなかったために体力が有り余ってしまい、ここのところ滞りがちだった書類を片付けていたのだ。

――とりあえず、これで終わりか……。

執務机にペンを置き、フェネクスは目頭を指で押さえる。

軽く息をつくと、椅子に深くもたれてしばし天井を見上げた。

リーナは、まだ寝ているのだろうか。

フェネクスが起きたときに彼女も目が覚めたようだが、今にも眠ってしまいそうなほどぼんやりしていた。

昨夜の彼女の様子を思い出し、フェネクスは肘掛けに頬杖をつく。

胸の苦しみは一応落ち着いているものの、あれがなんだったのかはわからないままだ。

一時的なものならいいが、場合によっては医者を呼ばねばならないだろう。それについて部屋に戻ってから考えるつもりだった。

「……五年か……」

静まり返った部屋の中、吐息混じりの呟きが響く。

ふと思い立って執務机の二番目の引き出しを開けると、フェネクスはそこから箱を取り出した。

その箱には、数え切れないほどのリーナからの手紙が仕舞われていた。

手紙といってもシュトリの脚に括り付けられる程度のメモ書きだったが、五年分ともなればそれなりの量になる。この箱に入っている手紙がすべてではなく、ここに収まらない分はもう一つ下の引き出しに入っていた。

『――昨日は、お父さまが三日ぶりに帰ってきたの。お父さまったら、少し見ないうちに私のことを大きくなったって言うのよ。たった三日じゃ変わらないと思うけど、どうなのかな……。でも、もう少し背が伸びてほしいから嘘でも嬉しかった』

『今日は庭にチューリップの花を植えていました。早く芽が出るように祈っていてね』

『この前の手紙の返事です。チューリップの色はまだわからないの。咲いたら必ず教えるから楽しみにしていてね』

『調べたのだけど、チューリップが咲くのはまだまだ先みたい。でも毎日声をかけているから、きっと綺麗な花が咲くと思うの』

『一週間ぶりに手紙をありがとう。何かありましたか？　待つのは楽しいけど、やっぱり寂しいからあまり間を空けないでくれると嬉しいです』

どれを読んでも、たわいない内容ばかりだ。

彼女は日常の出来事を書くことが多く、フェネクスはそれに短い一文で返していた。

執務で忙しいときもあるから頻繁なやり取りは難しかったが、それでも彼女との『会話』が尽きることはなかった。

自分でもどうしてこんなことを続けられたのか不思議でならない。

リーナのことは、なぜこんなにも興味を持てるのだろう。

なぜ、庭に咲く花が何色かなんて、どうでもいいことを聞いてしまうのか。

彼女の屋敷に行って確かめることもできないのに、それを聞いたところでなんの意味もない。寂しいと言われ、なるべく一週間以上開けずに手紙を送るようにしたことも我が事とは思えなかった。

——これは、一体なんなのだろうな……。

フェネクスはこめかみに指を当て、リーナの手紙をじっと見つめた。

「……私は、どうするつもりだったんだ？」

この感情の正体がなんなのか、突き止めようと思ったことは一度もなかった。

ただ、何があっても動じることのなかった自分が、彼女から手紙を受け取ったときだけは微かに感情が揺れていた。リーナがほかの男のことを話題に出したときは、かつてないほど激しく心が乱されていた。


『今日は、珍しく家にお客さまが見えたのよ。お父さまのお得意さまで、スチュワードさまというの。肝心のお父さまは外出中だったのだけど、ふらりと裏庭に現れて花壇のお花を褒めてくれたのよ』

『スチュワードさまは私の知らないことをたくさん知っているみたい。普段は王宮で国王さまをお守りしているのですって。屋敷からほとんど出たことのない私には別の世界のお話のようだったけれど、とてもお話が上手だから夢中で聞いてしまったわ』

フェネクスは、スチュワードのことが書かれた手紙をぐしゃっと握りつぶす。

リーナがどんなつもりでこれを書いたのかは自分にはわからない。

しかし、彼女がほかの男のことを考えていると思うだけで腸《はらわた》が煮えくり返るようだ。

彼女が日常の一片として伝えてきた中で、これらが見過ごせない内容だったことは間違いなかった。

ほかの男に渡すくらいならどんな手を使ってでも自分のものにする……。

自分の中にこんな欲があるとは思わなかった。

これほど渇望するものが世の中に存在することに気づきもしなかった。

「……まだ足りない……」

どんどん自分がおかしくなっていくのがわかる。

常軌を逸していると思うほど、のめり込み方が尋常ではない。

国王である自覚が日に日に欠落し、最近は彼女に触れることばかり考えるようになっていた。

――コン、コン。

そのとき、不意に扉をノックする音が響く。

フェネクスは僅かに身じろぎをして扉のほうに目を向ける。

基本的にここには決まった者しか入れない。間を置いて扉が開くと、従者のジェイクが入ってきた。

「あの…、陛下、少しよろしいでしょうか……」

「なんだ」

だが、その表情はいつもと少し違う。

やけに顔が強ばっていて、どことなく足の運びもぎこちない。

彼は、フェネクスが王位を継いだときから従者として仕えてきた。かれこれ五年になるが、こんなふうに感情を表に出すのは珍しいことだった。

「じ、実は報告しなければならないことが…――」

――コンッ、コン…ッ！

ところが、ジェイクが何かを言おうとしたとき、再びノックの音がした。

心なしか、弾んだ音にフェネクスは眉を寄せる。

ジェイクが扉を開けると、サイがニコニコしながら顔を覗かせた。

「兄上」

「……サイ」

「お話ししたいことがあって……。入ってもいいですか？」

「……あぁ」

フェネクスの返事に、サイは笑顔で執務室に足を踏み入れる。

しかし、そこで扉の前に佇むジェイクに気づき、きょとんと小首を傾げた。

「もしかして、大事なお話の途中だった？」

「……ッ、そっ、そういうわけでは……」

「でも、急ぎの用なら大変だよね。僕、話が終わるまで待ってる。難しい話はよくわからないから、気にせず先に兄上とお話ししていいよ」

「いえっ、特に急ぎではありませんので……っ！　私のほうは、サイさまのお話が終わったあとで問題ありません！」

「そう…なの？」

「はい、では私はこれで失礼いたします」

ジェイクはぎこちなく答えると、フェネクスに向かって敬礼する。

続いてサイにも一礼し、素早い動きで執務室を出て行く。すぐに扉が閉められ、廊下の向こうへと足音が消えていった。

——本当に緊急性のない話だったのか……？

フェネクスは僅かに眉を寄せて扉をじっと見つめる。

先ほどの緊張した顔が頭に引っかかっていたが、フェネクスと二人きりになった途端、サイは嬉しそうに中に入ってきた。

「兄上、あそこの椅子を執務机の前に置いてもいいですか？」

「……好きにしろ」

「はいっ、ちょっと待ってくださいね！」

サイは部屋の隅に置かれていた小さな椅子を持って軽やかに近づいてくる。

いつになく上機嫌な様子にいささか面倒な気持ちになったが、用が終われば出て行くだろう。それまでやり過ごせばいいだけだと思い、フェネクスは執務机を挟んだ向かい側に座るサイを黙って見つめていた。

「あの、兄上のお勧めの本を教えてくださいっ！」

「……本？」

「そうです、教えてほしいんです！」

「そんなものはないが」

「そんなこと言わずに……っ！　どんなに難しい本でも構いません。僕、兄上の興味があるものを知りたいんです」

「なんのために？」

「その…、兄上の好きな本を読めば、僕も兄上に少しは近づけるかなって……。もちろん、本じゃなくても構いません。好きな食べ物とか、好みの女性の話とかでもいいんです！」

サイは目を輝かせながら、身を乗り出している。

好奇心旺盛な水色の瞳をフェネクスは無言になって見返した。

――わざわざ執務室まで訪ねてくるから何かと思えば……。

こんなどうでもいい話になど、とても付き合う気にはなれない。

フェネクスはうんざりした気持ちで口を開いた。

「……おまえは、どんなことに興味があるんだ」

「僕ですか？　僕はあまり本を読まないんです。すぐ眠くなってしまって……。だけど、絵本とかなら好きかも……。なんて、子供っぽいですよね。僕、もう十五歳なのに……、背だって小さいし、顔も幼いし……。だからかな、僕、年上の女性にすごく憧れがあるんです」

「……」

「長い髪も大好きです。金銀茶…、それに黒、どの髪色も素敵だと思います。兄上の髪も綺麗だなぁ…って、ずっと思っていました。僕の髪はくせっ毛だから余計に羨ましくて……。朝になると髪の毛があっち向いたりこっち向いたりして、本当にすごいんですよ。ふふっ、寝相が悪いっていうのもあるんですけどね。昨日なんて僕の髪を直していた侍女が…——」

この話はどこまで続いていくのだろう。

面倒で反対に問いかけたのは自分だが、サイの話は留まるところを知らない。

フェネクスは退屈すぎるあまり、先ほど握りつぶしてしまったリーナの手紙を指で伸ばしていく。

すると、自分の話に夢中だったサイが途中で言葉を止める。

フェネクスが手紙を一枚ずつ箱に戻す様子を見て不思議そうに首を傾げた。

「兄上、それはなんですか？」

「これは……」

「ずいぶんたくさんありますね。もしかして、兄上はそういった小さな紙を集めるのが好きなのですか？」

「いや、そういうわけではないが」

「僕にも見せてください」

サイは無邪気な笑顔で手紙に手を伸ばす。

しかし、その瞬間、フェネクスはサイの手を払う。

「痛…ッ」

パシッと乾いた音が部屋に響き、サイは突然の痛みに顔を歪めた。

自分でも力が入っていたのはわかっていた。

これは自分のものだ。気安く触れるなという強い感情から出た咄嗟の行動だった。

「おまえには関係のないものだ」

「……は、はい……。ごめんなさい」

フェネクスが低く言うと、サイは叩かれた手を握って俯く。

涙を溜めた瞳。媚びを売るような上目遣い。

どうしてサイは、いつもそういう目で自分を見るのだろう。

なんの目的があって近づいてくるのというのか。

寂しげな眼差しで見つめられるうちに、げんなりした気持ちが強くなっていく。

「そろそろ部屋に戻ったほうがいい。私も、もうここを出る」

「え、でも僕もっとお話を……」

「それはまた今度だ」

「は…い……」

フェネクスは箱を閉じて引き出しに仕舞うと、扉のほうへと向かう。

そこでようやくサイも立ち上がり、自分の後ろをついてくる。

扉を開けると先に出るように促し、サイが部屋から出るのを見届けてからフェネクスも廊下に出た。

そろそろ、リーナも起きた頃だろう。

このまま彼女の待つ部屋へと戻るつもりだった。

ところが、

「――陛下…ッ！　陛下――…っ！」

廊下に出るや否や、今度は自分を大声で呼ぶ声に足止めされてしまう。

――今日はなんなのだ……。

声のほうを向くと、宰相のリドが慌てた様子で駆け寄ってきた。

よく見ると、その後ろにはフェネクスの従者たちもついてきている。

その中に先ほどまで執務室にいたジェイクの姿もあったが、皆一様に慌てているのが見て取れた。

「陛下ッ、大変ですぞ……ッ、大変なことが……っ！」

「なんだ、リド。おまえらしくもない」

「もっ、申し訳ありません……ッ、ですが陛下、これが慌てずにいられましょうか！
シュトリ殿が人間を攻撃しているのですぞ！」

「……シュトリが？　どういうことだ」

「それが私にも何がなんだか。何せ私もついさっき王宮に来たばかりでして……」

「ではどんな状態かだけ話せ。誰彼構わず攻撃しているのか？」

「いえ…、今のところ、馬に乗った兵士と若い女性が的にされているようですが、助けに入ろうにも、シュトリ殿が酷く興奮していて近づけないのです」

リドは苦しそうに息を乱しながら、身振り手振りをまじえて答えていた。

だが、今の話を聞いただけではなかなか状況が摑めない。

なぜ兵士と若い女が的にされているのか、何があってシュトリは手がつけられないほど興奮しているのかと耳を疑う思いだった。

とはいえ、リドや従者たちが自分に助けを求めに来たということはわかる。

この国において、鷹は特別だ。

その中でもシュトリは格別の存在で、無闇に手出しをすることはできない。

フェネクスが止めなければ、ほかの誰にも止められないのは確かだった。

「――チッ」

「……？」

と、そのとき、小さな舌打ちが微かに耳に届く。

フェネクスは咄嗟に後ろを振り返り、そこにいたサイの様子に目を凝らす。

サイは俯いていて、どんな表情をしているのかわからない。

しかし、すぐにフェネクスの視線に気づいたようで、ぱっと顔を上げると、すかさずしがみついてきた。

「兄上、行ってはだめです！　いつもは従順でも相手は肉食の猛禽類……、野性に目覚めれば兄上でも無傷ではいられません。もし兄上に何かあったら……っ、僕、そんなの絶対に嫌ですッ！」

サイはフェネクスの袖を摑み、涙声で引き留めてくる。

けれど、その目には涙が滲んでもいない。

ふと視線を感じてジェイクを見ると、彼は酷く強ばった顔で何かを訴えるような目を向けていた。

――なんだ？　何があった……？

徐々に、ざわざわと全身の肌が粟立っていく。

わけもわからず、異様なまでの胸騒ぎを感じていた。

「あ…っ、兄上!?」

フェネクスはサイの手を払うと、素早く身を翻して廊下を走り出す。

後ろのほうでリドが「お待ちください……っ」と叫んでいたが、悠長に待っていられる気分ではない。建物の外がやけに騒がしいことに気がつき、フェネクスは王宮を出ると広大な庭へと向かった。

この騒ぎを聞きつけてか、外はいつもより人が多い。

人の多いほうを目指していくと、騒ぎの中心と思われる場所は人だかりになっていた。

フェネクスは息を乱しながら、その人垣を掻き分けていった。

強引な動きに何度も眉をひそめられたが、相手がフェネクスと気づくと皆驚いた顔で後ろに下がっていく。自分の周りだけ道ができたようになっていったが、そんなことさえ気づけぬほどフェネクスの頭の中はほかのことでいっぱいだった。

「リーナ……ッ！」

次の瞬間、フェネクスは彼女の名を叫んだ。

騒ぎの中心には、リーナがいた。

大柄の兵士と馬に乗り、それをシュトリが空から執拗に攻撃していたのだ。

——あの男は誰だ。どうしてリーナを連れ出している!?

あの部屋は決まった者しか出入りが許されていない。

あそこにリーナがいると知っているのは従者たちかスチュワードくらいだが、見たところ、そのどれでもなかった。

よくよく見てみると、シュトリが攻撃しているのは兵士だけだ。

リーナには爪やくちばしが当たらないようにしているようだったが、このままでは彼女にも危険が及びかねない。二人を乗せた馬がかなり動揺していたため、下手をすれば振り落とされてしまうかもしれなかった。

まずはリーナを保護するのが先だ。

フェネクスは前に出て、シュトリに強く命じた。

「シュトリ、もういい！　そこまでだ！」

すると、シュトリはぴたりと攻撃をやめて、空高く舞い上がっていく。

興奮しているように見えても、自分の声にはしっかり反応している。

どうやら、フェネクスが来るまで足止めしていたらしい。シュトリは馬の上をぐるぐると円を描くように飛び、警戒した鳴き声を上げていた。

「おまえたち、少し頼まれてくれるか」

「え？　はっ、はい……ッ！」

「あの馬を止めて、男を引きずり下ろすのだ。娘のほうには指一本触れるな」

「はい……っ！」

フェネクスは不意に後ろを向き、そこにいた数人の兵士たちに命令する。

彼らは一瞬呆けた顔をしていたが、ハッと我に返った様子で背筋をぴんと伸ばすと、慌てて二人を乗せた馬のほうへと向かった。

馬はかなり動揺しているのが見て取れたが、王宮で訓練されただけあって人を振り落とそうとまではしていない。

兵士たちは馬を宥めすかしながら、馬上の兵士を無理やり引きずり下ろしていく。

馬上の兵士は、彼らが手こずるほどの抵抗を見せていたが、さらに駆けつけてきた兵士たちにも押さえ込まれては一溜まりもない。馬から引きずり下ろされたあとは少し離れた場所で羽交い締めにされ、フェネクスを忌々しげに睨めつけていた。

「……おまえは……」

だが、その顔を正面から目にした直後、フェネクスは僅かに目を見開く。

男の顔に見覚えがあったからだ。

五年前、森で遭難した自分を屋敷まで抱えて走った彼女の護衛。

遠い昔であっても、一度でも目にしたものはすべて記憶している。

それは人であろうと場所であろうと同じだ。

だからフェネクスは男を見ただけで、『バルカン』という名もすぐに思い出していた。

――だが、使用人がどうしてこんなことを……？

フェネクスは疑念を抱きながら、馬上にいるリーナに視線を移す。

シュトリの攻撃でバルカンはあちこち服が破けて血が出ていたが、彼女のほうは怪我一つしていない。しかし、いまだ鬣《たてがみ》にしがみついた状態でガタガタと肩を震わせ、バルカンに気を配ることもできないほど怯えていた。

「リーナ、いつまでそうしているつもりだ」

「……ッ、……フェネ…クス……？」

「なぜ馬から下りない。それとも下りられないのか？」

「あ……、下り……られない……」

「……わかった」

フェネクスの声に反応してリーナは少しだけ上体を起こした。

顔は酷く青ざめ、か細い声はなんとか絞り出したといった様子だ。

全身を強ばらせているのがわかるほどだったため、フェネクスは彼女に手を貸そうと馬のほうへ近づこうとした。

「この卑怯者が……ッ！　それ以上、リーナさまに近づくんじゃねぇ！」

だが、歩を進めた途端、バルカンが突然声を荒らげる。

なんて汚い言葉遣いだ。こんな暴言を投げかけられたのははじめてで、思わずフェネクスは足を止めた。

「それは私に言っているのか？」

「ほかに誰がいるっていうんだよ!?　騙《だま》し討ちするようなやつが卑怯者でなければなんなんだ……っ！　それとも、権力者なら人の心を踏みにじるような真似をしていいとでも言いたいのか!?」

「……なんの話だ」

「とぼけるんじゃねぇ……っ！」

バルカンは目を剝いて激昂《げきこう》していた。

だが、そう言われても、フェネクスには彼がなんの話をしているのか、まったくわからなかった。

――騙し討ち……？

考えを巡らせながら、フェネクスは再び歩を進める。

それを見るやバルカンはいきなり暴れ出す。あまりの馬鹿力で、兵士たちの拘束が僅かながら緩んでしまうほどだった。

「あっ、待て…っ！」

その一瞬の隙にバルカンは馬のほうに駆け出す。

兵士たちは声を上げ、慌てて追いかけたが、あと少しのところで追いつけない。

バルカンは素早く馬の斜め後ろに回ると、思いきりその尻を叩き、怒号の如く声を張り上げたのだった。

「逃げろッ、早く行け――…ッ！」

「きゃああ……っ!?」

直後、馬は驚いて駆け出してしまう。

同時にリーナは馬の背で身を屈めて悲鳴を上げる。

彼女が馬に乗るのは、これがはじめてだったはずだ。

当然、馬の動きを操ることなどできるはずもなく、下手をすれば落馬してもおかしくない状況だった。

「貴様ッ、あの子を殺すつもりか!?」

フェネクスは怒りに満ちた顔でバルカンを睨み据える。

バルカンはすでに兵士たちに捕らえられていたが、事の次第を理解していないのか、フェネクスを見て地面に唾《つば》を吐きかけていた。

――相手にするだけ時間の無駄か……。

フェネクスは拳を握り締めて周囲を見回す。

ふと、人垣からやや離れたところにいる馬を連れた兵士に目がいく。

フェネクスはすぐさま駆け出し、その兵士から強引に馬を奪うようにして背に飛び乗った。

「少し借りるぞ……っ！」

自分が助けなければ誰がリーナを助けるというのだ。

前屈みになって馬を走らせると、フェネクスは彼女を乗せた馬を猛追していく。

彼女を乗せた馬は先ほどまで正門のほうへ向かっていたが、幸いにも今はやや方向が変わっている。

しかも、思ったより速度が出ていないようで、それほど距離が空いているわけではない。

とはいえ、昼は門が開放されているため、万が一にも外に出てしまえば追いつけなくなってしまうかもしれなかった。

——なんにしても、やってみるしかない。

フェネクスはさらに馬の速度を上げて彼女の馬に迫っていく。

少しずつ距離が縮まるにつれ、リーナを乗せた馬の呼吸が聞こえてくる。

それと同時にリーナの様子を確かめてみたが、彼女は鬣にしがみついたまま前も見ていない。フェネクスは身が凍る思いでなんとか彼女の馬の横につけると、息を弾ませながら声をかけた。

「リーナ、顔を上げろ……ッ！」

「——ッ!?」

すると、リーナは肩をびくつかせ、僅かに頭を上げる。

蒼白な顔でフェネクスに目を向けると、泣きそうな表情で唇を震わせた。

「フェネクス……ッ」

「もっと身を起こせ。前方をしっかり見るんだ！」

「前…方……？」

「そうだ。それから無闇に鬣を引っ張ってはならない」

「で…っ、でも……っ」

「大丈夫だ。この馬はしっかり訓練されている。私の言うとおりにすれば、必ず止まってくれるはずだ」

「……ッ、……わ…かったわ……」

リーナはぎこちなく頷き、深呼吸を繰り返していた。

馬の呼吸に合わせて徐々に身を起こし、彼女は『これでいい？』と言いたげにこちらに顔を向ける。

どんな状況であろうと、危機が迫れば助かりたいと思うものだ。

小さく頷いてやると、リーナはほっとした様子で息をついていた。

そのままフェネクスは馬のほうに視線を移す。

ふと、つぶらな瞳と目が合い、予想以上に馬が冷静であることに気がつく。

尻を叩かれて走り出したはいいが、途中で我に返ったのだろうか。なんとなく指示を仰いでいるのがわかり、フェネクスはその目を見ながら「止まれ」と声をかけた。

リーナは、言われたとおりに前方を向いている。

それからすぐに馬は徐々に減速し、フェネクスも馬の速度を落としていく。

――ここまでくれば、もう大丈夫だろう……。

やがて、ほとんど同じタイミングで二頭の馬が止まり、フェネクスは素早く地面に飛び降りた。

手を伸ばすと、彼女はすかさず自分の手を掴んでくる。

そのままフェネクスに抱きつくようにして身を預け、ようやく馬から下ろすことができたのだった。

「フェネクス…ッ、フェネクス……ッ」

「……無事で何よりだ」

フェネクスは深く息をつき、華奢な身体を強く抱き締める。

彼女は腕の中でがたがた震えていたが、怪我もなく取り戻せただけで充分だ。

ところが、宥めるように背中を撫でていると、リーナは少しして突然ハッと息を呑む。

なぜか急に怯えた表情になって、か細い声を絞り出した。

「お願い…、バルカンを責めないで……っ」

「……なんだと？」

「か…、彼は何も悪くないの……っ！　ただ私を助けようとしただけで……。だから、責めるなら私を……。お願い、バルカンには何もしないで……っ」

あんな目に遭っておいて、真っ先に言うことがそれなのか。

フェネクスは眉根を寄せて、彼女を抱き締める腕に力を込める。

自身のことより使用人の身を案じていることに堪らなく苛立ちが募った。

「おまえは、あの男を好きなのか!?」

「ち、違……っ」

「だったら、なんのつもりだ？　あの男を庇ってなんになる!?　そこまでして助けたいほどあの男がいいということだろう……っ！」

「違う…、違うわ…っ」

自分でも驚くほど声を荒らげると、リーナは泣きながら首を横に振った。

どうしてそんな顔をする。なぜほかの男のために懇願する。柔らかな頬に触れて顔を近づけると、彼女は哀しげにフェネクスを見つめ返した。

「またあの場所に戻るから、どうか許して……。フェネクスが飽きるまで好きにしていいから……。私のこと、いらなくなるまで滅茶苦茶にしていいから……」

「な……っ」

フェネクスは耳を疑う思いで彼女を凝視する。

――飽きるだと……？

彼女は一体、何を言っているのだ。

いらなくなるとはなんだ。どうしてそんな話になるのか。

リーナがいきなりそんなことを言い出した理由がわからず、フェネクスは激しく動揺していた。

『――この卑怯者が……ッ！』

しかし、そこでふと先ほどのバルカンの暴言が頭を過る。

そういえば、あの男もおかしなことを言っていた。

突然声を荒らげると、フェネクスに『卑怯者』『騙し討ち』などと汚い言葉を投げかけてきたのだ。

――どういうことだ？　私が何を騙したというのだ？

「……っ」

フェネクスはこくっと喉を鳴らし、息を震わせる。

リーナを……？

まさか、彼女を騙して監禁していたとでも……？

哀しげな彼女の緑の瞳、頬を伝う幾筋の涙。

彼女を見つめているうちに、フェネクスは噛み合わない会話が徐々に頭の中で繋がっていくのを感じていた。

と、そのとき、

「陛下…ッ、陛下――…ッ！」

不意に自分を呼ぶ声が辺りに響く。

振り向くと、リドや従者たちがすぐそこまで来ていた。

そうだ。ここはいつもの部屋ではなかった。フェネクスは、自分たちが王宮の庭にいることさえ忘れていたのだ。

「陛下……っ、やっと…、やっと追いつきましたぞ……っ！　一体どうされたというのですか!?　いきなり走り出したかと思えばこのような……っ！　確かに陛下に助けを求めはしましたが、このような危険を冒すなど……！」

「……リド」

「それに、その娘は……」

「……」

「見たところ、初対面といったご様子ではなさそうですね。陛下、お答えください。この娘とはどういったご関係ですか？」

矢継ぎ早に問われるが、頭が真っ白になって言葉が浮かばない。

フェネクスは周囲を見回し、大勢の視線が集まっていることに息を呑む。

今さらながら、リーナの存在が皆に知られてしまったことに気づき、血の気が引く思いだった。

「だめ……だ……。まだ、早すぎる……」

「早すぎる？　陛下、それはどういうことですか？」

「……今ではない……」

「陛下？」

彼女を人目のないところまで連れて行かなければ……。

フェネクスはリーナの手を強く握り、一歩、また一歩と後ずさっていく。

今さらだとしても、リーナを誰の目にも触れさせたくなかった。

「――これはまた、錚々《そうそう》たる顔ぶれが揃っておいでだ」

ところが突然、どこからか感嘆したような声が上がった。

この場にそぐわない暢気《のんき》な発言に、皆が一斉に声のしたほうに意識を向ける。

フェネクスも無意識に声のほうに目を向けたが、正門のほうから一頭の馬が近づいてきていることに気づいた瞬間、思わず動きを止めてしまう。

その馬には、くすんだ銀髪の男が乗っていた。

男に気づいて、周りも徐々にざわつきはじめている。

ここにいる中であの男を知らない者はいない。

そう言い切れるほど、男は有名だった。

「……お父……さま……？」

ややあって、リーナが掠れ声で呟く。

馬上の男が自分の父親――シュバルツだと気づいたようだ。

そして、その呟きにリドが目を丸くして彼女を振り返っている。

リドもシュバルツのことは知っているはずだが、ここにいるのがその娘だとは予想もしていなかったのだろう。

「どうやら、うちの者が迷惑をかけたらしい。まったく、あとでこっぴどく叱ってやらねば……」

シュバルツは王宮の庭をぐるっと見回すと、呆れたように苦笑を浮かべる。

その視線の先には、兵士たちに押さえ込まれているバルカンがいた。

シュバルツは「やれやれ……」とぼやきながら、バルカンのほうへと向かう。多くの視線が集まる中、彼は馬から下りて平然と言い放った。

「こんな馬鹿でも大事な部下だ。その手を放してもらおうか」

「は…っ？」

「なんだ、できないのか？」

「でっ、できるわけが……」

「……まぁ、それもそうか。言う相手を間違えたな。では、直接陛下に頼むとしよう」

「えッ!?」

シュバルツが声をかけたのは、バルカンを押さえていた兵士だった。

しかし、いきなり解放しろと言われても従えるわけがない。

当然要求をはね除けたが、いきなり最高権力者に直談判をしようとするとは思わなかったらしく、周りの兵士たちまで素っ頓狂な声を上げていた。

「待…ッ、おっ、お待ちを……っ！」

兵士たちが引き留めようとするも、シュバルツは馬を連れてフェネクスたちのいるほうに引き返してくる。

皆を唖然とさせながら、本人は意に介した様子がない。

フェネクスの近くまで来ると、シュバルツは馬を止めてその場で片膝をついた。

「……陛下、あの者を解放していただけないでしょうか」

「この場で解放しろと？」

「はい、どうかお聞き届けいただきたく……。私の周りには、仲間に何かがあると穏やかでいられない連中が多いのです」

「……」

シュバルツは微笑を浮かべてフェネクスを見上げていた。

彼の言う仲間とは国中の商人を指すのだろう。

脅しとも取れる言葉だが、決してあなどることはできない。

シュバルツは先代の国王に功績を認められて伯爵となった男だ。

その影響力は絶大で、彼が手を引いた地域は衰退すると言われるほどなのだ。

一蹴することは簡単だが、そもそもシュバルツと敵対してまでバルカンを捕らえておく明確な理由はない。バルカンがリーナを連れて逃げようとしていたことは間違いないが、ここにいるほとんどの者が彼女の存在を知らずにいた状況で罪に問うこと自体、無理筋としか言いようがなかった。

「……いいだろう」

「温情に感謝いたします」

低く答えると、シュバルツは胸に手を当てて敬意を示した。

——どうにも食えない男だ……。

彼はこれだけのために王宮まで来たというのか？

部下を助けるためとはいえ、わざわざ一人で乗り込んできたことに違和感を覚える。

ほかに目的があるのではと訝しく思っていると、シュバルツはふとリーナに視線を移した。

「ついでと言ってはなんですが、うちの娘も連れて帰りましょう」

「……なんだと？」

「陛下、周りをごらんください。人だかりができているのですよ。このような状況で、どうして娘を置いていけましょう。陛下は衆人環視の中で娘を辱めるおつもりですか？　せめて…、肌を隠すなどのご配慮はいただきたかった……」

「……ッ」

ぐうの音も出ない正論だった。

シュバルツの指摘にフェネクスはぐっと声を詰まらせる。

リーナの白い肌には赤い鬱血の痕が誤魔化しようもないほど散っていた。

上着をかけるくらいはできただろうに、フェネクスは今の今までそんなことさえ失念していたのだ。

「リーナ、こっちにおいで」

「あ……っ」

何一つ反論できずにいると、シュバルツは奪うようにリーナの腕を掴み取る。

強く引っ張られた勢いでフェネクスと繋いでいた手は離れてしまい、彼女はよろめきながらシュバルツの胸に抱き留められた。

「久しぶりだな」

「お…父さま……」

「では、帰るとしよう。――陛下、よろしいですね？」

「……」

シュバルツは自分の上着をリーナに着せながら、すかさずフェネクスに目を戻す。

フェネクスのほうは彼女を奪い返すために無意識に手を伸ばそうとしていたが、有無を言わさぬ眼差しにすんでのところでぐっと堪える。

リーナとどんな関係なのか。白い肌に散った赤い痕は誰がつけたものなのか。

今、皆が抱いているであろう疑問に何一つ答えられない中で、シュバルツに渡す以外の選択肢などありはしなかった。

「それでは、失礼します」

シュバルツの言葉に、フェネクスは唇を引き結ぶ。

押し黙っていると、シュバルツはもう一度自身の胸に手を当てて敬意を示してから、リーナを連れて自分の馬を待機させていた場所まで戻っていった。

「……と、あいつを忘れるところだった」

だが、シュバルツはそこで思い出したように天を仰ぐ。

リーナをその場に待たせると、今度はバルカンのいるほうに向かう。

バルカンは横倒しになった状態で兵士たちにのしかかられていたが、シュバルツは構うことなく周りを押しのけて大きな身体を引っ張り上げる。呆けた表情で立ち上がるバルカンにため息をつき、その頭をぼかっと叩いた。

「馬鹿野郎！　勝手なことしやがって！」

「す…ッ、すみません……！」

「帰るぞ！　俺はリーナと馬で戻るから、おまえはこのまま走って帰れ！」

「はい……ッ！」

シュバルツの叱責に、バルカンは涙を浮かべて頷いている。

周りの兵士たちはぽかんとしながら、戸惑い気味にフェネクスに目を移した。

先ほどのやり取りは見ていたが、彼らにはどうすべきか判断がつかなかったのだろう。

フェネクスが小さく頷いてみせると、兵士たちはそれ以上何もすることなく、大人しくバルカンから離れていった。

「まったく……、手のかかるやつだ」

シュバルツはぶつぶつ言いながら、再びリーナのもとに戻ってくる。

すぐに彼女を馬上に乗せ、その後ろに自分も乗ったが、そこでリドがハッとした様子で彼らのほうへ駆け寄っていく。

「ま、待ちなさい。戻る前に話を……っ」

「ん？　これは宰相閣下！　お久しぶりです。腰の具合はいかがですか？」

「……む…、ずいぶんよくなった。君に頼んだ薬が効いたようでな……」

「それはよかった」

「い、いや、今はそういう話をしたいわけでは」

「ええ、わかっていますとも。ですが、私はこんなところで難しい話などしたくないのですよ。もちろん、逃げも隠れもしません。宰相閣下とは、ご子息共々今後も懇意にさせていただきたいと思っておりますのでね。我が屋敷にお越しいただければどんなことでもお聞きしましょう」

「そ…、そうかね」

「では、我々はこれで」

シュバルツは不敵に笑い、最後にもう一度フェネクスに目を向けた。

小さく一礼すると、彼は手綱を握って馬を走らせる。

同時に、バルカンも二人を追って走り出す。屋敷まではかなりの距離があるはずだが、本当に走って帰るつもりのようだった。

リーナはいまだ状況を把握できずにいるのだろう。終始呆然とした様子で一言も発することはなかった。

「……相変わらず読めない男だ。しかし、なぜシュバルツの娘がここに……」

彼らの姿が見えなくなると、リドは困惑気味に呟く。

それはフェネクスに対する問いかけでもあったようだ。

顔色を窺うように見られたが、自分でも驚くほど心に余裕がない。

気づいたときには、フェネクスの足はふらふらと正門のほうに向かっていた。

「……陛…下？」

「……」

「陛下、陛下ッ！　どちらへ行かれるのですか⁉」

リドが何か言っているが、やけに声が遠い。

どうしてリーナがここにいないのか、理解するのを頭が拒む。

目の前がぐらつき、足下まで崩れ落ちていくようだった。

──こんなことで、彼女を手放すわけには……。

フェネクスは息を震わせ、唇を噛みしめる。

周りのことなど、何一つ見えていなかった。

何を話しかけても反応しない自分を見て、リドが兵士たちに追いかけるよう指示をしていたが、そんなやり取りさえ耳に入ってこなかった。

「へ、陛下……っ」

やがて、兵士たちが自分の前に遠慮がちに立ちはだかる。

それでも歩みを止めずにいると、兵士の一人が咄嗟に手を出し、それがフェネクスの胸元に軽く当たった。

「……ッ、私に触るなッ！」

「ひっ、も、申し訳……」

突然の怒声に兵士は怯えた様子で身を震わせる。

それを見ていた周囲の者たちも固まっていたが、フェネクスは構わず前に進もうとしていた。

「おまえたち、なぜ引き下がろうとしているのだ！　腕を掴むなり腰を掴むなりして陛下を引き留めんか！　責任は私が負うと言っておろうが……っ！」

「は、はい……ッ！」

すかさずリドに命じられ、兵士たちは慌ててフェネクスを追いかけていく。

責任を負うとまで言われては従うしかなかったのだろう。兵士たちはなんとかしてフェネクスの動きを封じようと、躊躇いがちに腕や腰にしがみついてきたのだった。

「何をする…ッ、誰が触れていいと言った!?」

フェネクスは目を剥いたが、兵士たちは必死の形相だ。

それでも強引に足を踏み出そうとしたところ、リドが目の前に立って絞り出すように声を上げた。

「陛下、なんという顔をされているのですか……っ！」

「……リ…ド……」

「しっかりなさってください！　あなたはこの国の王なのですぞ……ッ！」

「……」

そんなことはわかっている。

幼い頃から、国王になるために心を殺してきた。

笑うことも怒ることも、感情のすべてを捨ててきたのだ。

――私は今、どんな顔をしている……？

そんなに酷い顔をしているのか？

それほど情けない顔をしているというのか。

だが、今の自分があり得ないほどの醜態を晒しているということだけはよくわかる。皆を失望させるに充分なほど、捨てたはずの感情が剥き出しになっていた。

「――兄上を放せ！」

「あっ、サ、サイさま……ッ!?」

と、そのとき、突然サイが駆け寄ってくる。

「放せ、放せったら！　勝手に兄上に触るな……っ！」

見れば、サイはフェネクスの動きを封じていた兵士たちに体当たりしていた。

顔を真っ赤にして大きな身体を叩いたり、服を引っ張る様子は必死そのものだ。

その程度の力では兵士たちはびくともしなかったが、無闇に押しのけられる相手ではない。とうとう勢いに押されて僅かながら力を緩めると、サイは兵士たちを押しのけるようにしてフェネクスの腰にしがみついてきた。

「兄上……っ」

「……サ…イ」

「こんなのってないよ。兄上がかわいそうだ！　あの女の人のこと、閉じ込めるほど好きだったのに……っ！」

「――ッ」

涙声で叫んだその言葉にフェネクスは目を見開く。

――なぜ、サイがそのことを……。

一体、どういうことだ。

どうしてサイが彼女を知っている？

この状況で、なぜわざわざそれを言う必要が……。

ふと、従者たちがいるほうを見ると、ジェイクが蒼白になっていた。

「……っ」

フェネクスは微かに息を震わせ、唇を歪める。

どうやら、自分は嵌《は》められたらしい。

ジェイクはあのとき、このことを伝えようと執務室に来たのだ。

ならば、あのタイミングでサイが現れたのも意図があったということか。

ジェイクを執務室から追い出し、衛兵に変装させたバルカンがリーナを連れ出すまでの時間稼ぎとしてフェネクスを足止めしていたのだろう。

「兄上…、兄上……っ」

サイはフェネクスの胸に顔を埋めてすすり泣きをしている。

時折しゃくり上げるようにしながら、肩を小さく震わせていた。

しかし、そのすべてが偽りでしかない。大声で秘密を暴露しておきながら、『かわいそう』などとよく言えたものだと感心してしまうほどだった。

「サイ、何がそんなにおかしい？」

「……え」

フェネクスは低く囁き、サイの肩をぐっと掴む。

力を込めて突き飛ばすと、華奢な身体がよろめきながら離れていく。

──やはりか……。

虚《きょ》を衝《つ》かれてフェネクスを見上げたサイは、これ以上ないほど愉しそうな笑みを浮かべていた。

「それがおまえの本性か」

「……あ、これは……っ」

サイは慌てて口元を隠したが、今さらそんなことをしてもなんの意味もない。

目が笑ったままで、どうして隠しきれるというのか。

──つくづくサイは、あの女に似ている……。

父の一番目の妃。サイの母親。

あの女は、いつも猫なで声で近づいてきては、母やフェネクスをどうにかして貶めようとしていた。

これまでも疑問に思うことはあったのだ。

なぜサイは自分に近づいてくるのか。

媚びた眼差しの裏に何かあるのではないか。

サイはずっと機会を窺っていたのだろう。フェネクスの『失敗』を狙っていたのだ。

はじめから信用などしていなかったくせに、今日まで泳がせてしまったのは自分の甘さにほかならなかった。

「サイ、そういえば、おまえはシュトリの親鳥が死んだ直後も今と同じように私に抱きついてきたな」

「……え」

「あのときもそうやって笑っていたのか？　父上から譲り受けた鷹を失い、私が途方に暮れていると思って喜んでいたのか？」

「な…、何を言って……」

「知っているか？　シュトリは親鳥が死んだときに近くにいたのだ」

「え…？」

フェネクスはふと思い出したように首を傾ける。

サイは口元を手で隠したまま、びくんと肩を揺らしていた。

「シュトリは、そのときに何を見たんだろうな……。サイ、おまえはどう思う？」

「ぼ、僕にはよく……」

「おまえはシュトリが雛の頃からやけに避けられていたようだが、それはどうしてなのだろうな……？」

「……ッ」

フェネクスはゆっくりとサイに近づいていく。

そのたびにサイも同じだけ後ろに下がっていくが、歩幅の違いでみるみる距離が縮まっていった。

あのときのサイは、まだ十歳だった。

あどけない顔をした子供が動物を殺せるとは思えなかった。

まして、あの鷹は亡くなった父が大切にしてきたのだ。

心の底では疑念を抱きながらも、さすがにそれはないだろうと思い込もうとしていた部分もあった。

もちろん、今でも確たる証拠などありはしない。

憶測をまじえた過去の話を牽制のつもりで口にしたが、周囲のざわつきにサイは明らかに動揺している。気づかれていないものと陰でほくそ笑んでいた姿が透けて見えるようだった。

「ぼっ、僕は、ただ触っただけだよ……っ」

「触っただけ？」

「そう、触っただけっ！　そうしたら静かになっちゃったんだ！」

「……シュトリの親鳥は、首の骨が折れたことが原因で死んだというのに？」

「それは……っ」

「そもそも、おまえは動物の毛に触れられないはずではなかったか？」

「……っ、それ……は……」

矢継ぎ早に問われてサイはついに何も言えなくなってしまう。

答えれば答えるほどボロが出るなど、どれだけ甘やかされてきたというのか。

大人しく病弱な弟を演じ続けていればよかったのに愚かなものだ。

王家の鷹が何を意味しているか、サイにもわかっているはずだ。子供だからと許される話ではなかった。

案の定、周囲の者たちの動揺はすさまじい。

フェネクスとサイのやり取りに、リドまで蒼白になっていた。

「サイさま、今の話はどういうことですか……？」

「え？　あ…、えと……」

「王家の鷹は、建国のときからこの国を見守ってきた宝です……。アルティアの象徴と言っても過言ではありません。それを…、それを……」

リドは強い憤りを込めてわなわなと声を震わせている。

それでも、宰相という立場が冷静さを失わせずにいるのだろう。リドは唇を引き結ぶと、深く息をついてなんとか気持ちを抑え込んだようだった。

「……今の話は、のちほどたっぷりお聞かせいただきましょう」

「ぼ、僕、違うんだ。今のは——」

「おまえたち、サイさまをご自身のお部屋までお連れしろ。私が行くまで見張っているようにな」

「はっ、はい……ッ」

「待って！　待って、お願い待って……っ」

「早く行け！」

「はい…ッ！」

これはままごとではない。

自分のしでかしたことの責任は取らねばならないのだ。

問答無用で兵士たちに両腕を摑まれ、サイは王宮へ連れて行かれる。

助けを求めるようにこちらを何度も振り返っていたが、フェネクスは目を合わせることすらしなかった。

「陛下…、陛下もお話をお聞かせください」

ややあって、リドがフェネクスを振り返る。

言われていることはわかったが、フェネクスは何も答えなかった。

「陛下、どうかお話を……っ！」

「……話など……」

「陛下……ッ！」

返事を求められたところで、今さら何を話せばいいというのだ。

フェネクスは正門のほうに目を移し、強く拳を握った。

——リーナはもうここにいない……。

リーナたちが去った方角を見つめるフェネクスの表情は苦悶に満ちていた。

その場にいた者たちは、はじめて見る人間らしい表情に目を見張っていたが、本人だけが自分の変化に気づいていなかった——。

第八章

——数時間後、リーナはシュバルツと屋敷に戻っていた。

王宮に来たときと違って帰り道は二人の間になんの会話もなかった。

リーナは軽快な馬の蹄《ひづめ》の音を聞きながら、徐々に建物が少なくなって緑が増えていく様子をただ眺めていた。

「リーナ、先に居間に行っていなさい。この馬を厩舎に戻したら、俺もすぐに行くから少し話をしよう」

「は…い…、お父さま……」

屋敷の門をくぐって少しすると、リーナだけ馬から下ろされる。

そこでようやくシュバルツと短い言葉を交わし、リーナはぎこちなく返事をして玄関のほうへと向かった。

王宮を出てきたときはまだ日が高かったのに、いつの間にか夕方になっていた。

数秒ほど空を眺めてから屋敷の扉を開けると、たまたま近くにいた執事が驚いた様子で出迎えてくれた。

しかし、屋敷の中は水を打ったように静かでほかに人の気配はない。

どうやら、ほかの使用人はすでに今日の仕事を終えて各々の部屋に戻ったあとのようだ。

今はまだ皆と会ってもどんな顔をすればいいのかわからなかっただろうと、内心ほっとしていると、執事は居間まで一緒に来てくれたが、特に何も聞かずにいてくれてとてもありがたかった。

——なんだか、変な感じ……。

居間に足を踏み入れると、リーナは中程まで来たところで立ち尽くしてしまう。

どれくらいの間、自分はここを離れていたのだろう。

どこにいても自分の家に戻ってきたという感じがせず、ここで生活していたのが遠い昔のことのようだった。

「——リーナ、そんなところでぼんやりしてどうしたんだ？」

「え…、あ、お父さま」

「ソファに座ったらどうだ？　休まず馬を走らせてきたから疲れたろう」

「は、はい……」

いつの間に厩舎から戻ったのだろう。

ぼんやりしていたから、声をかけられるまで気づかなかった。

「……まったく、今日はなんて日だ」

リーナがソファに座ると、シュバルツは途端に大きなため息をつく。

オイルランプをテーブルに置き、テーブルを挟んだ向かい側のソファに腰かけ、そのまま背もたれに深く身を預けた。

「あの馬鹿、戻ってきたら、もう一回頭を引っぱたいてやる。見事に全部ぶち壊してくれた……」

「……？」

シュバルツは苦々しげに眉を寄せ、ぶつぶつとぼやいている。

察するに、『あの馬鹿』とはバルカンのことなのだろうが、リーナにはどうしてシュバルツがそんなに憤っているのかがよくわからない。

騒ぎにはなってしまったが、彼は護衛として間違ったことはしていないはずだ。

リーナが首を傾げていると、シュバルツは乱れた前髪を掻き上げて自嘲気味に笑った。

「俺は、しばらく王宮に行くつもりはなかったんだよ。バルカンにも大人しくしていろと言っていたんだが、あいつ…、はじめて俺に逆らいやがった。あいつには今回の計画を話していなかったから思い詰めちまったんだろうが……」

「……計画…？」

「ん？　あぁ…、おまえのためのな、大事な計画だ」

「それは、どういう……」

一体、なんの話をしているのだろう。

計画と言われてもリーナ自身は何一つ覚えのない話だ。

シュバルツは眉をひそめるリーナからなぜかすっと視線を逸らし、窓の向こうの夕暮れに目を細めた。

「……リーナ、おまえは俺のかわいい娘だ。しかし、大事だからって、いつまでも傍に置いておけるわけもない。どうせなら、これ以上ない相手を見つけてやろうと思うのが親心ってもんだ。そういう気持ち、おまえならわかってくれるよな？」

「え…、は…い……」

「これでも、ずいぶん考えたんだ。スチュワードも悪くはなかったが、あの男はああ見えて女遊びが派手でなぁ……。家柄も容姿も申し分ないうえに、近衛隊の隊長という出世頭がチヤホヤされるのはわかるが、大事な娘を預けるとなるとな……」

シュバルツは肘掛けに腕を置き、苦笑を浮かべている。

だが、ぎこちなく相槌を打ちながらも、リーナは話についていけない。

なぜここでスチュワードが出てくるのだろう。彼を結婚相手の候補と考えていたかのような発言に戸惑うばかりだった。

「リーナ、今の話はそんなに不思議か？」

「……あ、その…」

「まぁ、別に複雑なことは何もない。俺は屋敷を空けることが多いが、その間の出来事はどんな小さなことでもバルカンに報告させていたんだ。だから、スチュワードが俺のいないときを狙っておまえに会いに来ていたことも知っていた。ただそれだけの話だ」

「え……」

「もちろん、報告を受けたのはスチュワードの話だけじゃない。五年前、おまえが森で遭難していた少年を助けたことについてもだ。そのときの少年とおまえがずっと文通を続けていたことも知っている。鷹の名はフェネクス、相手の少年はシュトリ……、あえて名を入れ替えて教えていたこともな……。時折、この屋敷に現れる鷹が王宮で見る陛下の鷹と同じだったからすぐに気づいた」

「……ッ!?」

思わぬところに話が飛び、リーナは声を呑む。

スチュワードのことはともかく、シュバルツが五年前の出来事まで知っていたことに内心激しく動揺していた。

あのとき、リーナはバルカンに父には内緒にしてほしいと頼んだのだ。

だから、シュバルツには文通相手がいることも話してこなかった。そのことを話せば無断で人を屋敷に泊めたことを咎められ、文通をやめさせられてしまうかもしれないという不安があったからだ。

——だけど、お父さまはすべて知っていたんだわ……。

知っていたのに、ずっと黙っていた。

文通相手の正体を知っていながら、リーナには何一つ教えてくれなかった。

「リーナ、もうわかっただろう？」

「え…？」

「さっきの『計画』のことさ。俺はこの『計画』を何年も前から頭に描いていたんだ」

「……ど、どういうことですか……？」

そういえば、今の話はそこからはじまったのだった。

だが、具体的なことは何もわからない。

――お父さまが、私の結婚相手を見つけようと頭を悩ませていたということだけはわかったけれど……。

「……ッ！」

その直後、リーナはハッと息を呑む。

まさかという考えが浮かび、シュバルツに目を移す。

すると、シュバルツもこちらに目を向け、意味ありげな眼差しでにやりと笑った。

「我ながら、恐れ知らずなことを『計画』したものだよ」

「お父…さま……」

「とはいえ、はじめは陛下と挨拶を交わすのが精一杯だったがな……。あの方は、先代の国王陛下とはまるで性格が違う。こっちが挨拶しても、何一つ反応してくださらないんだ。僅かながら目を合わせてくださるようになるまで何年かかったことか……。しかし、だからこそ興味をそそられた。陛下は子供のときから感情を表に出すということがなく、何があっても顔色一つ変わらない。そんな方が自分の娘と文通しているなんて、驚き以外の何物でもなかった。それを利用できるものならと、俺は密かにその機会を窺ってきたんだ。そして、その機会が訪れたのはつい最近……。陛下に結婚の話が持ち上がっているという噂を聞き、焦りを感じていたときだった。その日、陛下は珍しくお一人で移動されていて、俺はこれが最初で最後の機会だとすかさず話を持ちかけた。うちの娘をもらい受ける気はないか、この話に乗るなら、こっちは組織を上げて国の発展のために協力する用意があると」

「な…っ!?」

「もちろん、相手は国王だ。妃なんて贅沢なことを言うつもりはない。愛人でも充分すぎるほどだが、戯言と流されては堪らない。この話を断るなら二度とリーナと関わらないでくれ、リーナにはほかに相手がいないわけではないということもはっきり言っておいた。……わかるか、これは賭《か》けだったんだ。その賭けに陛下も乗ってくれた。この俺が…、元はただの商人だった男が、王家と繋がりが持てるかもしれなかったんだ……っ！」

「……っ」

シュバルツの声はどんどん感情的になっていた。

ソファの肘掛けを強く摑み、とても悔しそうに顔をしかめている。

だが、それに対してリーナは言葉もない。脱力した様子でソファにもたれるシュバルツを愕然とした気持ちで見つめることしかできなかった。

「……今となっては過去の話だがな。バルカンが、おまえの行方を知りたがっていたのはわかっていたんだ。あいつの足りない頭じゃこういう複雑な取引は理解できないと無視していたのが仇《あだ》になるとは……」

そう言って、シュバルツは天井を仰ぎ、大きく息をつく。

しばし沈黙が流れたが、ふとリーナに目を戻してゆっくり立ち上がった。

「さて、話は終わりだ。リーナ、ひとまず今日はもう寝るといい。ずいぶん疲れているようだからな」

優しい声。労るような父の顔。

リーナは呆然とシュバルツを見上げる。

つい先ほどまでの野心的な表情はすっかり消え去っていた。

頭の中は酷く混乱していて、疲れなんて感じるどころではなかったが、手を差し出されると、躊躇いながらもその手を摑んでしまう。促されるまま居間を出て、シュバルツに連れられて自分の部屋へと向かっていた。

「おやすみ、リーナ。また明日」

「……は……い……」

部屋の前で立ち止まると、シュバルツにぽんと肩を叩かれる。

リーナは小さな返事をして、ぎこちない動きで部屋に入っていく。部屋の中程まで来たところで、パタン…と扉が閉まった音が響いた。

すぐに振り向いたが、シュバルツは部屋を出たあとだった。

やがて廊下を歩く足音が聞こえ、すぐに気配も遠ざかっていく。

しかし、リーナはなかなかその場から動けない。どうして素直に部屋に戻ってきたのだろう。なぜ黙って話を聞いていただけで、何一つ言い返さなかったのだろうと、自身の行動を信じられない思いで振り返っていた。

──だって、あんな話を聞いて普通じゃいられない……。

シュバルツへの尊敬や憧れが、音を立てて崩れていく。

すべては父が持ちかけたことだった。

晩餐会があると王宮に連れて行ったのも罠だった。

自分は利用されたのだ。

父の出世のために差し出されたのだ。

けれど、何よりも衝撃的だったのは、その話にフェネクスが応じたことだった。

──どういうつもりで？　私を愛人にするつもりで……？

リーナは息を震わせ、ぐっと手を握り締める。

わからない。わかるわけがない。

彼は五年ぶりの再会に、懐かしむ様子もなかった。

はじめから当たり前のようにリーナを抱き、一度たりとも甘い言葉を囁くことはなかった。

　――コン、コン…。

「……ッ！」

　そのとき、不意に扉をノックする音が響き、リーナは思わず身を固くした。

　外はもう日が暮れかけている。もう誰も来ないと思っていたから声を出せないほど驚いていた。

「……あ、あの…、リーナさま。俺です、バルカンです」

「え……」

　少しして、扉の向こうから遠慮がちに声をかけられる。

　リーナが目を丸くして扉のほうを見ると、バルカンはハッとした様子で言葉を続けた。

「あっ、開けなくてもいいですから！　今日のうちに謝りたかっただけなんで……」

「……謝…る…？　どうしてあなたが……」

「どうしてって、当然じゃないですか。リーナさまをあんな危ない目に遭わせてしまったんですから……。鷹に襲われるわ、暴走させた馬に乗せてしまうわで、一歩間違えれば大変なことになっていたはずです。本当にすみませんでした」

「そんなこと……」

「リーナさま、怪我はしてないですか？」

「……私はどこもなんとも……。バルカンこそ……」

「俺のことなんて気にしないでください。これくらい平気ですから」

バルカンはまだ戻ってきたばかりなのだろう。

途切れ途切れに話しながら、合間に息継ぎの音が聞こえていた。

それに、これまで聞いたことがないほど声が優しい。ずっと心配してくれていたのが伝わってくるようだった。

「でも、よかった。リーナさまが無事で本当に……。なんか俺、もうずっと空回りしっぱなしで……。リーナさまだけ王宮から戻らなくて、旦那さまには何度も話を聞こうとしたんです。けど、そのたびにはぐらかされて、段々と疑うようになっちまって……」

「それで私を助けに？」

「ええ、もしかして帰りたくても帰れない状況なんじゃないかと……。その…、五年前に森で少年を助けたこと、リーナさまには秘密にすると言いましたが、実は旦那さまに報告していたんです。文通を続けていることも報告していました……。そうしたら、あるとき旦那さまが、相手は国王かもしれないとおっしゃったんです。でもすぐに、そのことは黙っているように口止めをされて……。相手が国王じゃ、旦那さまも口出しするのは難しいんだろうと思って、俺はずっとそれを守っていました。……けど、本当は黙っているべきじゃなかったのかもしれません。リーナさまだけ王宮から戻らなかったとき、一緒についていけばよかったと心底後悔しました。きっと、国王の仕業に違いない。旦那さまは何か脅されて、リーナさまを王宮に残してきたんじゃないか……。それで俺は、毎日のように王宮の前でリーナさまのことを聞き回っていたんです。門兵たちも、あまりのしつこさにうんざりしていましたが、何日目かに子供が近づいてきたんです」

「……子…供？」

「はい、貴族の子供だと思います。すごく親身に話を聞いてくれて、彼が俺の手紙を届けてくれたんです。リーナさまの居場所を突き止めてくれたうえに、衛兵の制服を用意して途中まで案内してくれました。本当に、彼には感謝してもしきれません」

「そう…だったの……」

リーナは自分の胸を押さえ、掠れた声で相槌を打つ。

その貴族の子供は、サイのことだろう。

彼はいきなりあの部屋にやってきて、品定めするような目でリーナを見ていた。

フェネクスはもうすぐ結婚するのだと、現実を突きつけたときの囁きは、まるで人をあざ笑うかのようだった。

きっと、自分を追い出そうとしていたのだ。

そうでなければ、バルカンにあれこれ手を貸すような真似はしなかったはずだ。

「でも、俺…、今日のことは少し後悔しているんです。当てつけみたいに旦那さまに置き手紙して出てきてしまって……。旦那さまがリーナさまを助ける機会を窺っていたとは想像もせずに一人突っ走ってしまいました。それなのに、まさかあんなふうに助けに来てくれるなんて……。リーナさまも俺のこともちゃんと守ってくれて……ッ。やっぱり旦那さまは俺の憧れたとおりの人でした……っ！」

「……そ…う…」

「あ…っ、ペラペラとすみません！　俺、もう部屋に戻りますんで……」

「……、……ありがとう、バルカン」

「では失礼します。リーナさま、ゆっくり休んでください」

「おやすみ…なさい……」

扉越しに聞こえる興奮気味な声に、リーナはもう何も言えなかった。

バルカンは昔からシュバルツに憧れていた。

シュバルツに頼まれたから、彼はリーナの護衛をしてくれていたのだ。

その彼が、一度はシュバルツの命令に背いて自分の意志で動いてくれた。

もう充分だろう。これ以上、何を望むというのか。ここで本当のことを話したところで、何かが変わるとも思えなかった。

やがて、廊下から人の気配がなくなると、リーナは目を伏せて項垂れる。

状況が見えてくるにつれて胸の奥がひりついていく。

シュバルツが自分を売るような真似をしたことが、まだどこかで信じられずにいる。それをリーナ本人に話してしまえる心の無さに絶望を感じた。

フェネクスの考えも、到底理解できそうになかった。

もうじき結婚するのに、彼はどうしてそんな取引に応じたのだろう。

そこまでして、シュバルツの組織の力がほしかったのだろうか。

それとも、ほかに理由があるのか。考えたところで自分には何もわからない。

リーナはあの部屋でただフェネクスに抱かれていただけだ。一日の大半を彼の腕の中で過ごしていても、自分たちにはほとんど会話がなかった。

――単に欲望のはけ口にできる相手がほしかっただけ……？

頭を過った考えに、リーナはどんどん気持ちが落ち込んでいく。

フェネクスは、たった一人のかけがえのない友達だった。

シュバルツに話を聞いた今でも、頭のどこかで否定したい自分がいる。

どこまで愚かなのだろう。信じたいと思ったところで、フェネクスからの答えは永遠に得られそうにない。

きっと、彼とはもう二度と会えないだろうから……。

「……っ、……ぅ……」

リーナは声を震わせ、スカートを皺になるほど強く握った。

身体のあちこちには今も鬱血の痕が色濃く残っていて、否が応でも彼との情事を思い出してしまう。

こんなのはおかしいと思うのに、もう会えないと想像しただけで胸が痛くなる。

頬に流れる幾筋もの涙を手の甲で拭っていくが、次から次へと零れ落ちてくるから切りがない。ベッドに向かうと倒れ込むように伏せて、リーナはそのままの状態でしばらく嗚咽を漏らし続けていた。

それから、どれほどの間、そうしていたのかは覚えていない。

時間が経つにつれて少しずつ涙は止まってきたが、とても眠れるような精神状態ではなかった。

もう何も考えたくない。すべて忘れてしまえたらいいのに……。

リーナは放心状態でベッドに横たわり、部屋の壁をじっと見つめていた。

やがて、鋭い風の音が耳に届く。

それに混じって木々がざわめく音も聞こえた。

リーナはぼんやりしながら、ふと窓のほうに目を向ける。

コツ…と、窓を叩く音が微かに聞こえた気がしたのだ。

しかし、部屋の中も外も暗くて何も見えない。

リーナはため息をついて、もう一度ベッドにうつ伏せになる。

以前と同じような光景は二度と見られないとわかっていながら、一瞬馬鹿なことを考えてしまった。

だが、その直後、

――コツン……。

「……ッ」

窓を叩く小さな音に、リーナは肩をびくつかせた。

風の仕業か、雨でも降ってきたのか。

それとも別の何かの仕業か……。

リーナは身を起こして窓のほうに目を戻す。

息をひそめていると、バサバサッと羽を広げる音が聞こえた。

それがまるで『開けて』と言われたように思えて、リーナは咄嗟にベッドから下りて窓に駆け寄った。

窓越しに光る金色の目と、大きな羽根の輪郭がうっすらと見える。

シュトリだ。

シュトリがすぐそこにいる。

リーナが窓枠に手をかけると、黒い影は心得た様子で右に移動していく。

その動きで確信を持ち、リーナは左の窓だけをそっと開けてみる。右窓の外側を覗き込むように見るとそこには思ったとおりシュトリの姿があった。

「シュトリ、どうして……？」

一体、何をしに来たのだろう。

こんな遅い時間にどうしたのだろう。鷹は昼行性のはずだが、まさかまた会えるとは思わなかったから夢を見ている気分だった。

「……あ」

ところが、シュトリはすぐに外側に向きを変えてしまう。

来たばかりなのに、もう帰ってしまうのだろうか。

リーナは困惑しながらシュトリが飛び立つ様子を見ていたが、ふと視界の隅に人影が映ってハッと息を呑んだ。

――まさか……。

裏庭には、黒い影がひっそりと佇んでいた。

シュトリはその人影のほうへと飛んで行き、腕の辺りに止まった。

月夜の下、吹き抜ける風で長い髪が揺れる様子に目を見張る。

独特の強い存在感に、リーナは窓枠をぎゅっと摑んだ。

フェネクスだった。

暗くて表情までは見えないが、彼は確かにそこにいる。裏庭で静かに佇んだままリーナをじっと見上げていた。

「……っ！」

目が合ったように思えて、リーナは慌てて床にしゃがみ込む。

ドクンドクンと心臓が激しく拍動する音を感じながら瞬きを繰り返した。

――見間違い……？

あり得ない光景に思わず息を詰める。

そのまましばし身動きせずにいたが、外からは風の音しか聞こえない。

おそるおそる窓の下を覗いてみると、フェネクスは先ほどと同じように微動だにもせずこちらを見つめていた。

やはり、彼はそこにいる。

周りを見ても、ほかに人がいる様子はない。

国王が一人で？　なんのために？

何をしに……？

気づけば、リーナは部屋を飛び出していた。

二階の自室から一階の玄関ホールまで一気に駆け下りていく。

なぜこんな行動に出たのか、自分でもよくわからない。頭で考える前に足が勝手に彼のほうに向かってしまっていた。

「はぁっ、はあ…ッ、はあ……」

リーナは息を切らして裏庭へと向かう。

皆、寝静まったあとのようで、こんな時間に建物を出ても咎める者はいない。

裏庭につくと、別れたときと同じ服装のフェネクスがいた。

本物だ。本当に彼が来ていたのだ。リーナは何も考えることなく、フェネクスに駆け寄ろうとしていた。

「リーナ」

「あ…」

だが、彼と目が合った途端、リーナの足はそこで止まってしまう。

――私…、何をして……。

会ってどうするのだろう。

これ以上、関わってどうしようというのか。

急に現実を思い出して、また涙が込み上げてくる。

フェネクスがこちらに近づこうとした瞬間、リーナは後ずさり、彼に背を向けて走り出した。

「リーナ……ッ」

とにかく逃げなくては……。

漠然とそれだけを思い、門を抜けて屋敷の外へと飛び出した。

こんなことなら部屋から出なければよかったのだ。

せめて屋敷の中に戻ればよかったのに、それさえ思いつかないほど動転して、祈るような気持ちで走っていた。

「はっ、はあっ、あ、はあ……ッ」

もう捕まるわけにはいかない。

捕まったら、二度と後戻りできなくなってしまう。

月明かりしか頼りになるものがない暗い夜道をリーナは必死に逃げ惑う。

どこを走っているかなんて考えてもいないほど必死だった。

それなのに、フェネクスの足音はどんどん近づいてくる。

なだらかな丘を下り、いつしか森の中へと入り込み、気づけば激しい呼吸音が背後から迫っていた。

「や…っ、いや、来ないで……っ」

どうして追いかけてくるの。

どこまで追い詰めようとするの。

逃げている間も涙は止まらず、顔がぐちゃぐちゃだ。

喉を掻きむしりたくなるほど息が苦しかったが、こんな自分は見られたくないとひたすら逃げ回った。

けれど、そんな状態でいつまでも走り続けられるはずもない。

まして森の中は月明かりが届かない場所も多く、足下も不確かなのだ。

それなのに、リーナは焦るあまりどんどん奥へと進み、草木の生い茂る中で何かに足を引っかけてしまった。

「あ…ッ!?」

地面につけるはずの足が取られて、リーナの身体は大きくぐらつく。

このまま転倒すれば顔を打ち付けてしまう。

そう思ったが、突然の事態に防御の姿勢がとれず、身体が宙に浮いたようになっても目を瞑《つむ》ることしかできなかった。

「リーナ……ッ!」

「……ッ!?」

その直後、フェネクスの叫びが聞こえ、咄嗟に腕を強く摑み取られた。

すると、リーナの傾いた身体はぐっと引っ張られ、後ろから腰を抱えられる。

しかし、それだけでは勢いが止められず、二人一緒に倒れ込んでしまう。その際にフェネクスの低い呻きが耳朶を打ったが、リーナのほうは鈍い衝撃が背中から伝わるのを感じただけだった。

「あ…っ、はあ、はっ、はあ……ッ」

「……う…、リ…ナ……」

「は、放して……」

ややあって、リーナは倒れ込んだ状態で小さく藻掻く。

だが、フェネクスはさらに腕に力を込め、後ろから掻き抱いてくる。ますます身動きがとれなくなり、リーナは必死で藻掻いた。

「お願い、放して……っ。どうしてあなたがこんなところにいるの？　なんのために追いかけて……——あ…ぅ……」

なんとか逃れようとしているのに、首筋に息がかかっただけで肌がざわついてしまう。

こんなときまで反応してしまうなんて、なんていやらしい身体だ。

涙を浮かべて身を捩ると、フェネクスは骨が軋むほどリーナを抱き締めてきた。

「ひぁ…う……」

「そんなに…、そんなに私が嫌いか？　ここまで逃げようとするほど……？　おまえは、ずっと嫌だと思いながら私に抱かれていたのかっ!?」

「……う、…ぁ……」

荒々しい呼吸に感情的な声。

リーナは耳を疑う思いでか細く喘ぐ。

——これは、本当にフェネクス……？

彼はどんなときも感情を表に出すことがなかった。

当然、こんな切ない声は一度も聞いたことがない。リーナは内心激しく動揺しながら辿々しく答えた。

「……き、嫌いなんて…、一言も……」

「一言も？　嫌だと、来ないでと逃げておいてか？」

「あれ…は……」

「あれが拒絶でなくてなんだというのだ……っ」

「……っ」

フェネクスは身を起こし、後ろからリーナの顔を覗き込んでくる。

驚いたリーナは慌てて彼の下から抜け出し、尻餅をついたような恰好で後ろに下がって距離をとろうとした。

だが、大木の幹がリーナの背に当たって、すぐに逃げ場を失ってしまう。

けフェネクスはそんなリーナの頭の横に手を置くと、息がかかるほどの距離まで顔を近づける。

彼の頬には幾筋もの汗が伝って、いまだ呼吸が整っていない。

唇に熱い息がかかり、乱れた黒髪の隙間から鋭い眼光に射貫かれ、リーナの心臓は大きく跳ね上がった。

「おまえは、何も知らずに王宮に来たのだな……」

「あ……」

「だったら、なぜはじめにそう言わなかった？　どうしてあんなに容易く私を受け入れた？　私が国王だからか？　だからずっと我慢していたのか……っ!?」

「……そ…、それは……」

矢継ぎ早に問われても、すぐには答えられない。

はじめてのときのことは、頭がぼんやりしてよく覚えていないのだ。

その後も一度は逃げようとしたけれど、呆気なく連れ戻されてとても話をするどころではなかった。

「簡単に受け入れていたわけじゃ……」

「ならどういうつもりだ」

「そ、そんなの私にだってわからないわ……。はじめてのときは、訳がわからないうちに朝になっていて……。だけど、フェネクスだって話をする機会なんて一度もくれなかったじゃない……っ！」

「……っ」

「で…、でも、私…、あなたが国王だから我慢していたわけでは……」

「……リーナ？」

一方的に責められているようでリーナも強く言い返したが、途中から尻すぼみになってしまう。

情けないことだが、快楽に負けてしまった部分はある。

しかし、国王だから我慢していたのかというと、決してそうではなかった。

「だって私、国王としてのあなたのことはよく知らないんだもの。知っているのは、五年間文通してきたあなたのことだけで……」

森で助けた綺麗な男の子。

彼は、たった一人の友達だった。

性別の違いなんて意識したこともない。

たとえ会えなくとも、ずっと彼を近くに感じていた。

この五年間、シュトリが届けてくれる手紙をどれほど心待ちにしていただろう。

「私は、あなたとの手紙のやり取りが本当に楽しかった……。使用人たちとの日々の会話、庭先の花が咲いたこと……。私がその日の出来事を手紙で報告すると、あなたは『楽しそうだな』『その花はどんな色をしている？』と短いながらも必ず返事をくれたわ。いつもより間が空いて手紙が来たときに不満を伝えたら、あまり日を置かずに返信してくれるようになって、それがとても嬉しかった……」

「リーナ……」

「……私、あなたに会うまで一人も友達がいなかったのよ。父は仕事でいないことが多くて、話し相手になってくれるのは使用人だけだった……。だけど、この五年間、私たちは途切れることなく会話を続けてきた。あなたが、私の寂しかった心を埋めてくれたの……。私の中には、いつもあなたがいたわ。あなたは…、いつの間にか私にとってなくてはならない存在になっていたの……っ」

リーナは次第に感情的になって声を震わせていた。

零れた涙が頬に伝うのを隠すこともできずに彼の胸元をドンと叩く。

すると、フェネクスの瞳が大きく揺らぎ、微かに息を呑む。その表情を目にした途端、リーナは一層感情が溢れて止まらなくなった。

「だから、まさかあんなふうに再会するなんて考えもしなかった。あなたがあのときの男の子だと知ったときは、裏切られたようで心が痛くて苦しくて……ッ。それでも、シュトリを撫でる手や眼差しはいつも優しかったから、やっぱりあのときの男の子なんだって……。フェネクスがあのときの男の子なら、理由があってのことかもしれない。時々、話が噛み合わないのも、何か行き違いがあるからだって……」

「……気づいて……？」

「そ…、そうよ、気づいていたわ。だからずっと、あなたとちゃんと話をしたいと思っていたのに……」

「……ッ！」

リーナの告白に、フェネクスの瞳はさらに大きく揺らぐ。

それだけで彼が動揺しているのが伝わってくる。

やはりフェネクスはリーナを陵辱しているつもりはなかったのだろう。リーナが王宮に来たのは、彼に抱かれるためだと思っていたのだ。

——もっと早く話をすることができていたら……。

そうしたら、こんなに苦しまずにすんだのだろうか。

リーナは唇を震わせ、フェネクスの胸元をぎゅっと摑む。

そんなに簡単だったらどんなによかっただろう。

シュバルツから話を聞いた今のほうがずっと胸が痛い。彼を知れば知るほど苦しくなる一方だった。

「……だけど、どうしても一つだけわからないの。あなたはもうじき結婚…するって……。相手の人はよその国の姫君だって……」

「なぜおまえがそのことを」

「あなたの義弟が……」

「サイが…？　あれがおまえにそんな話を……」

「でも、嘘ではないのでしょう？」

「……それは」

リーナの問いかけに、フェネクスは言葉を詰まらせる。

それを見て胸の奥がずんと重くなって、さらに苦しくなっていく。

彼の結婚のことはサイだけでなく、シュバルツからも聞いていたが、改めて現実を突きつけられたようだった。

「酷いわ……。そんな人がいるのに、どうしてお父さまの持ちかけた取引に応じたりしたの……？　もしかして、都合のいいときに抱ける相手がほしかったとか？　これからもそれを望んでいるからわざわざ連れ戻しに来たの？　フェネクスは、私のこと……、あ…、愛人にするためにずっと文通を続けていたの……？」

「……なんのことだ？」

「だって、そういう取引だったんでしょう!?　私、お父さまから全部聞いたんだから……ッ！　あなただって、私を愛人だと思って抱いていたんでしょう!?」

「な…っ」

ほかの人と結婚するのに、フェネクスはシュバルツと取引をした。

誰も近づけないような場所にリーナを閉じ込めて、毎日頭がおかしくなりそうなほど抱き続けたのだ。

けれど、それがたとえ愛人のつもりだったとしても、あまりにも度を越している。

フェネクスの胸を叩いて泣きじゃくると、彼は顔を引きつらせて否定した。

「私はそういうつもりでは……」

「だったら、どういうつもりだというの？　結婚相手の人には内緒にしておくつもりだったの？　それとも、結婚する前に私のこと捨てようと思っていた？」

「何を言ってる。どうしてそんな話に……」

「だってわからないいんだもの！　あなたはもうじき結婚するって、私にはそれしかわからないから……っ」

「……結婚の話は、ないとは言えないが」

「やっぱり……」

フェネクスから直接聞き、リーナの目から大粒の涙が零れ落ちる。

彼は本当に結婚してしまう。哀しみに打ちひしがれていると、彼はやや焦った様子で言葉を加えた。

「だが、まだ決まった話ではない」

「……嘘よ…。あなたの義弟は決まった話だと言っていたもの……」

「おまえは、私よりサイの言葉を信じるのか？」

「なら、彼は私を騙したの？」

「それは……」

リーナの問いかけに、フェネクスの態度はまた曖昧になる。

これではなんの説得力もない。

リーナの涙を見て、彼はハッと息を呑む。

しばし目を伏せて考え込む様子を見せ、ため息混じりに首を横に振った。

「……私は了承していない。それは本当だ」

「それは…、どういう……？」

「言葉のままだ。私にも感情があった。ただそれだけのことだ……。少し前まで、私は結婚相手など誰でもいいと思っていた。周りの者が好きに決めればいいと……。己の立場を思えば妥当な考えだった」

そう言ってフェネクスは涙に濡れたリーナの頬を手の甲でそっと拭う。

そのまま口を閉ざすと、彼は自分の手の甲をじっと見つめていたが、ややあって胸元にあったリーナの手を握り締めてきた。

「おまえが、あんな手紙を寄越すからだ……」

「え……」

「私以外の男を話題にしただろう。しかも、やけに好意的な内容で……。私との間に持ち込むほどその男を気に入ったのかと、一瞬で胸の奥がジリジリと灼けるほどの激しい憤りを感じた。私は自分の感情を持て余し、おまえに『その男が気に入ったのか？』と手紙で問いかけたが、肯定と取れるおまえからの返信に一層苛立ちを募らせただけだった」

「……それは、スチュワードさまのこと？」

「ほかに誰がいる」

「だ…、だけど……」

思わぬ話にリーナは戸惑いを隠せない。

フェネクスがスチュワードのことを聞いてきたのは覚えているが、まさかそんなふうに捉えているとは夢にも思わなかったのだ。

「――そんなときだった。おまえの父親、シュバルツが話を持ちかけてきたのは……。彼は、私がリーナと手紙のやり取りをしていることを知っていて、愛人で構わないから娘をもらい受ける気はないかと言ってきたのだ。五年も続けていたなら少しは気持ちがあるはずだ、最低限の立場さえ約束してくれれば自分も組織を挙げて国に貢献していくと……。ただし、この話を断るなら二度と娘に関わらないでほしい、娘の結婚相手として目をつけている男は他にもいると揺さぶりもかけてきた」

フェネクスは僅かに唇を歪め、小さく息をつく。

リーナが眉をひそめてぎこちなく頷くと、彼はさらに強く手を握って言葉を続けた。

「だから私は、その場でシュバルツの取引に応じたのだ。あのときの自分に何一つ迷いはなかった」

「……どう…して……？」

「それが私の奥底にある望みだったのだろう。周囲から結婚を望まれるようになって、異国の姫の名が上がっていたのは事実だ。しかし、私はそのとき、おまえを先に孕《はら》ませてしまえばそんな話はなくなるという考えに至ったのだ」

「え……？」

唐突な展開にリーナは思わずぽかんとする。

彼が何を言っているのか、すぐには理解できなかった。

シュバルツとの取引は、リーナを愛人にするという内容だったはずだ。

それなのに、彼は今なんと言った？　動揺を顔に浮かべていると、フェネクスは自身の頬にリーナの手のひらを当てて首を傾げた。

「おまえは、この国の決まりを知らないのか？」

「この国の……？」

「そう、何人もの妃を娶《めと》ったとしても、王位を継げるのは最初に生まれた子だ。たとえば先代の国王――、亡くなった私の父がはじめに娶ったのはサイの母だったが、先に子を産んだのは二番目に娶った私の母のほうだった。私が今この地位にいるのは、父の最初の子だからだ」

「そ…、そんな決まりが」

「とはいえ、この古い決まりには欠陥もあるがな……。次期王となる子を産んだ妃にはさまざまな権限が与えられるが、二番目、三番目の子を産んだところで、最低限の地位しか保証されないのだ。そのせいで、権力者ほど娘を差し出したがらない。要するに、王でありながら結婚相手がなかなか決まらないという事態を招いてしまうのだ。……その決まりを利用しようとした私が言うことではないが」

「……っ」

リーナは息を震わせ、ごくっと唾を飲み込む。

そんなこと、全然知らなかった。

幼い頃からあんな山奥で育ち、国王でさえ未知の存在だったのだから当然といえば当然だが、何より衝撃的だったのは王であるフェネクスがその欠陥を利用しようとしたと言ってのけたことのほうだ。

――なら、フェネクスがお父さまの話に応じた本当の目的は……。

一気に説明されて、なかなか頭の中が整理できない。

『おまえを先に孕ませてしまえば』『何人もの妃を娶ったとしても、王位を継げるのは最初に生まれた子』という言葉が頭に浮かび、リーナは瞬きをしながら首を傾げた。

「……孕…む？　私がフェネクスの子を……？」

ぽつりと問いかけると、フェネクスは僅かに目を細める。

彼は特に何も答えなかったが、『今さら何を言っている』とでもいうようにこちらを見つめていた。

「……っ」

リーナは瞬きを繰り返し、必死で考えた。

――だったら、フェネクスは……。

そういうことなんだろうか。

彼には明確な想いがあったから、リーナをあの部屋に閉じ込めていたということだろうか。

「フェネクスは、私が好き…なの？」

「……」

「好きだから、私にあんなことをしたの？」

「……さぁな」

「ち、違うの……？」

「私はただ、リーナに自分の子を産んでほしいだけだ。だが…、そうだな。ほかの男に渡したくないと思う気持ちがそうだと言うなら、私はおまえが好きなのだろう」

フェネクスは表情一つ変えることなく、平然とそう答えた。

情緒の欠片もない返答に、リーナは唖然としてしまう。

姿形はこんなに繊細なのに、あまりに即物的すぎて言葉も出なかった。

「今のは、そんなに拘《こだわ》ることだったのか？」

「……そ…れはだって……」

「そう…か。難しいものだな。私はどうもそういうものに疎いのだ。感情を捨てて判断するのは幼い頃から得意だったが」

「感情を…捨てて？」

フェネクスは眉根を寄せて息をつく。

反駁して問い返すと、彼はやや迷う様子を見せながら頷いた。

「あの王宮も今でこそ平穏と言えるが、昔は魔境のような場所だったのだ。私は王位を継ぐまで、周囲を警戒して過ごさねばならなかった」

「あ…、その話ってもしかして……」

「なんだ」

「え、あ…っ、ごめんなさい。話の腰を折るような真似を……っ」

「別に構わない。それより何か知っているようだな」

「そ…、その……」

鋭い指摘にリーナは思わず口ごもる。

迂闊に口を挟んでしまったことを後悔したが、このままでは誤解をされかねない。

どのみち誤魔化すような話ではないと思い直し、リーナは躊躇いがちに口を開いた。

「実は、あなたの従者から昔の話を少しだけ教えてもらったの……。フェネクスのお母さまが異国から嫁いだ方だったことや、ずいぶん肩身の狭い想いをされていたこと。それから亡くなった経緯についても……」

「……いつの間に、そんな話をするほど私の従者と親密になったんだ？」

「ちっ、違うわ！　そのときだけよ！　あの部屋にあなたの義弟が来たとき、彼もいただけで……ッ！　いつも寝ていたから、私はあなたの従者が部屋に出入りしていたことも知らなかったものっ」

「あぁ…、それでジェイクが……」

「ジェイク？　そういえば、王宮に来た日にそう名乗っていたかも……。私、全然気づかなかった。彼は、五年前に私の屋敷にフェネクスを迎えに来た人だったのね。彼はあなたをとても尊敬しているみたい。あなたのことを、誰よりも一番に考えているのが伝わってきたわ……」

「……そうか」

リーナの説明に、フェネクスは小さく頷く。

やましいことはないと、一応わかってくれたのだろうか。

彼はそれからしばし口を閉ざし、自分の頬に押し当てたままのリーナの手を指先で軽く撫でていた。

その動きがくすぐったくてむずむずしたが、手のひらに感じる彼の滑らかな頬が驚くほど気持ちいい。密かに撫でてみたい衝動に駆られていると、口元を綻ばせたフェネクスと目が合い、心臓が鷲掴みにされたようになった。

──フェネクスが笑ってる……？

リーナは思わず食い入るように見つめてしまう。

笑っているといっても、にこにこしているわけではない。

どちらかと言えば苦笑気味だったが、明らかに今までの彼とは違っていた。

「……おまえといると、いつも驚かされる。今のはなんだ？　私は従者にまで嫉妬したというのか。誰かの言動一つでここまで簡単に感情が揺れるとは……」

「フェネクス……」

「こんな自分ははじめて知る。誰一人、こんな感情は教えてくれなかった……。私は幼き頃より王になる者として育てられたが、同時に余所者《よそもの》の子という目でも見られてきた。王宮内の一部の勢力には命を狙われ、父からは絶対に周りに気を許してはならないと教えられてきたのだ。感情を読まれることは命を落とすことに繋がる。ならば心を殺してしまえばいいと、いつしか自分の感情にも人の感情にも無頓着になっていた。……感情を捨てて判断することほど容易いものはない。王になってからはさまざまな判断を求められるようになったが、合理的に考えていればそれだけで物事は円滑に進んだ。そこに個人的な感情を挟む必要はなく、頭を悩ませることは何一つなかった。そうやって、何もかも感情抜きでいられればどんなに楽だったか……」

　そこまで言うと、フェネクスはリーナをまっすぐに見つめる。

　間近で見た彼の美しい瞳は、水面のように揺れていた。

「リーナ、おまえだけだ。おまえだけが私を狂わせる」

「フェ…ネクス……」

「どうすれば伝わる？　おまえを手放したくない。もうどこにも行かぬように繋いでしまいたい。一生、この腕に閉じ込めておきたい」

「……んっ」

「リーナ、こんなに頭を絞っているのに伝わっている気がしない。どうすれば、ほかの男を忘れて私だけのものになるのか……」

怒濤《どとう》の如く彼の感情が流れ込んでくる。

強く抱き締められて、そのまま溺れてしまいそうになった。

——ずっと、まともに話もしてくれなかったのに……っ。

フェネクスは、今までどこにこんな激しさを隠していたのだろう。

繋いでしまいたいとか閉じ込めておきたいとか、言っていることは横暴そのものなのにどうしようもなく心が揺さぶられてしまう。彼のような人に感情をぶつけられることが、これほど胸に刺さるものだとは思いもしなかった。

「わ…、私、忘れられない男の人なんていないわ……」

「……そんなわけはないだろう。おまえは、あれほどスチュワードを気に入っていたではないか。あの男のことを何度も手紙に書くほど……——」

「それは誤解よ！　スチュワードさまのことはいい人だと思っていたけれど、特別な感情なんてなかったもの……っ。私はただいつもどおりに日常の出来事をあなたに伝えただけよ。嫌だったならそう言ってくれればよかったのに……。そうすれば、何度も手紙に書いたりしなかったわ。フェネクスが『その男を気に入っているのか？』なんてわざわざ聞いてくるから興味があるのかと思って……」

「ならばすべて私の勘違いだと言うのか？」

「そうよ…っ！」

「……ッ、ではあの男…、バルカンは……」

「バルカン？　どうしてバルカンまで疑うの？　彼だって同じよ！　五年も文通を続けてきたんだから、そんな関係じゃないことくらいわかるでしょう!?」

「……っ」

さすがにのべつ幕なしに疑われては堪らない。

リーナが語気を強めて反論すると、フェネクスは僅かにたじろいでいる。

それなのに、彼は「しかし…」などと呟き、なかなか納得してくれない。

次第に憤りが募ってきて、リーナの目からまた涙が零れ落ちていく。それを見てフェネクスはぎょっとした様子で口を噤んだが、胸の奥にわだかまりを抱えていたのは彼だけではない。一度溢れ出した感情はそう簡単に止まらなかった。

「フェネクスだって結婚相手がいるくせに……っ！」

「な…、それはだから……」

「大事なこと、一つも話してくれなかった！　手紙だっていつも私ばかりあれこれ話して、フェネクスは自分が誰なのかさえ教えてくれなかった！　名前だってずっと偽って……っ。いろいろ聞きたくても何一つ……、私のこと滅茶苦茶にして……。心にも、身体にもたくさん痕を残して……っ」

「リー……ナ……」

「ほかの男って、そんな人いるわけないじゃない……。私、あんな状況でもフェネクスを嫌いになれなかった。それどころか、あなたが結婚するって聞いたときは胸が痛くて苦しくて堪らなかった。自分でもびっくりするくらい飼い慣らされてしまった……。バルカンに部屋を連れ出されたときなんて、心の中では出たくないって思っていたくらいなのに……」

「……」

「こんなふうにしたのはフェネクスなのに……っ！」

「……ッ、リーナ……！」

感情のままに叫んだ瞬間、リーナは彼の胸に閉じ込められていた。

頬に伝う涙を唇で吸われ、顔を上げると同時に口づけられる。

これが好きということ？

知らない間に、自分も彼に狂わされていたのだろうか。

こんな感情を持っていたなんて、自分でも知らなかった。

口に出してはじめて、自分が思う以上に身も心もフェネクスに冒されていることに気づいた。

「ん、う…、ん…、ん」

「リーナ…、リーナ、リーナ……」

互いの想いをぶつけ合うように舌を絡め合い、どちらのものともわからない唾液を呑み込む。口の端から零れた唾液を彼の舌先で舐め取られ、角度を変えて何度も激しい口づけを交わした。

けれど、同時に不安が募っていく。

これから、自分たちはどうなるのだろう。

もしかしたら、離ればなれにされてしまうのだろうか。

これが最後かもしれないと思うと怖くなって、リーナは自らフェネクスにしがみついた。

「……は…、後戻りなどさせるものか。おまえは私のものだ。ここで、この森でおまえが私を見つけたときからすべてがはじまったのだ。誰に邪魔されようとおまえだけは絶対に離すものか……っ！」

「あ…っ!?」

フェネクスは息を弾ませ、不意にリーナを抱き上げた。

燃えるような眼差しに釘付けになっていると、彼は辺りをぐるりと見回す。

すると、バサバサ…ッと鳥の羽音が近くで響き、フェネクスはすぐに歩きはじめた。

今のはシュトリの羽音だろうか。夜目はきかなくとも、フェネクスの気配には反応できるのだろうか。

それにしても、こんな暗い中、彼はどこに向かうつもりだろう。

月明かりでうっすら見える彼はまっすぐ前を見据え、時折何かを探るように眉をひそめていた。

そのうちに、どこからか水の流れる音が聞こえ、リーナはフェネクスの首に回した腕に力を込める。彼はそれに応えるように細腰を引き寄せると、躊躇うことなく水音のするほうへと進んでいった。

「……ここは……」

ややあって開けた場所に辿り着き、リーナは既視感のある光景に息を呑む。

そこには小さな沢が流れていた。

そして、その傍には大きな岩場があった。

たったそれだけの光景が、否が応でも遠い日の記憶を思い出させる。

岩場で横たわる人の姿。慌てて向かうと、そこには少女と見紛うほど美しい黒髪の少年が倒れていた光景を——。

なぜこんなにはっきり思い出せるのだろう。

そこは、あの日フェネクスと出会った場所だった。

「リーナ、覚えているか？　五年前、私はあの岩場で怪我をして倒れていた。それをおまえが見つけ、強引に屋敷に連れ帰ったのだ」

「え、ええ……」

「あのときは、内心驚いてばかりだった。おまえの屋敷にはシュトリもいた。おまえは、シュトリまで見つけてくれていたのだ。私はあのときはじめて、下心のない善意がこの世に存在することを知った。これまで誰に対しても警戒を緩めたことはなかったのに、無邪気に懐いてくるおまえに触れられるのはなぜか平気だった。だから私はもう少しおまえを知りたくなり、シュトリを介して手紙のやり取りを続けることにした。あそこで関係を断ち切りたくなかったのだ」

言いながら、フェネクスは沢の傍の岩場へと近づいていく。

辺りにはほかにも大きな岩がいくつかあったが、人が横たわれるような平らな岩は一つしかない。

フェネクスはその平らな岩に上がると、リーナを抱えて腰を下ろす。

ほんの数秒ほど見つめ合ったあと、彼は奪うように口づけてくる。リーナの口の奥まで舌で味わいながら、強引な手つきで背筋や脇腹を弄り、ドレスの上から乳房を揉みしだいた。

「んぅ、……あっ、んんぅ」

「おまえが私を生かしたのだ。私はここで死ぬものと諦めていたのに……。リーナ、おまえなしでは今の私はなかった」

「っは、あ…ぅ……、フェネ……クス……」

「誰にも渡すものか。どこへ逃げても見つけてやる。これほど特別なものはほかに存在しない……っ」

「あぁ…あ……ッ」

フェネクスはリーナの唇を奪いながら自分の上着を脱ぎ去った。

その上着を荒っぽい手つきで岩の上に広げると、すぐさまリーナを組み敷いて首筋に舌を這わせていく。同時にドレスを肩から脱がしていき、抵抗する間を与えることなく乳房を空気に晒してしまう。揉みしだかれて主張をはじめていた蕾を舌先で弄んだあと、今度は口に含んで乳房に痕を残していった。

彼が何をしようとしているかなんて、今さら考えるまでもない。

リーナはフェネクスの首に手を回してしがみつく。

こんな場所で行為に及ぶことに羞恥を感じてはいたが、あんな告白を聞いてしまっては抵抗する気にもならない。今の彼にならば、どんなことをされても受け入れてしまいそうだった。

「ン…、あ…ぁ、あぁ……っ」

ただひたすら身体を繋げていた日々はなんだったのだろう。

フェネクスのことがわからなくて苦悩していた日々が嘘のようだった。

ドレスの裾を捲り上げられ、熱い手のひらで太股に触れられただけでリーナの身体はびくびくと反応してしまう。内股やお尻を弄られ、ドロワーズの上から指先で秘所をトンと突かれた途端、喉を反らして淫らな喘ぎを上げていた。

「ひぁ…っ、あぁああ……ッ！」

リーナの嬌声が夜空に大きく響き渡る。

恥ずかしいと思っても、声が抑えられない。

秘肉を優しく擦り上げられると、下着が蜜で濡れていく。中心を指で小刻みに刺激されるうちに、リーナは肩で息をしながら無意識に腰を揺らしてしまっていた。

「リーナ、少し腰を上げてみろ。こんなに濡れていては気持ち悪いだろう」

「あぁ…は、ん、ん、ん…っふ……」

フェネクスはそっと囁き、リーナに口づける。

リーナはうっとりと彼の舌を受け止めながら、言われるままに腰を上げた。

すると、ドロワーズの腰紐を解かれ、裾を引っ張ってゆっくりと脱がされていく。

太股からふくらはぎ、足首に向かって引きずり下ろされ、その間も口づけが止まることはない。すべて脱がされるまでさほど時間はかからなかったが、リーナはかつてないほど敏感に反応していた。

「今日はいつも以上に濡れているな」

「ンッ、ああっ、ひぁ、あっあっ」

フェネクスはリーナの両脚を大きく開脚させると、濡れた秘所を見て唇を歪める。

間髪を容れず中心に指を差し込み、淫らな動きで内壁を掻き回してから出し入れを繰り返した。

「……おまえのナカも異様に熱い。少し動かしただけで私の指に吸いついてくる」

「あっあっああっ、やっ、あぁあ……っ」

　彼が指を動かすたびにぐちゅぐちゅと激しい水音が辺りに響く。

　感じる場所ばかりを的確に擦られて、すぐにお腹の奥が切なくなってしまう。リーナは顔を真っ赤にして首を横に振った。

「嫌…？　何が嫌なんだ？　私が嫌…なのか？」

「ち…、ちが……っ、んぅ…ッ」

「……なら、ほかにどこを触ってほしい？　なんでもしてやる」

「ひんっ、あぁ……っ」

　フェネクスは、リーナの内壁を指で擦り上げながら瞼に口づけてくる。

　彼の瞳は淫らに潤んでいて、呼吸も忙しない。

　いつもはほとんど会話もなく進んでいくのに今日は何もかもが違う。

　こんなに恥ずかしいことを言われたり、フェネクスの表情に余裕がないのもはじめてのことだった。

　──どこを触ってほしいと言われても、もうおかしくなりそうなのに……。

　リーナは襲い来る快感にどんどん追い詰められていく。

　指の刺激だけで内壁が収縮し、下腹まで震えていた。

　あと一押しされれば達してしまうかもしれない。せめてもの抵抗でフェネクスの肩を弱々しく押すと、彼は不意に身を屈めてリーナの秘部に顔を近づけ、舌先で秘芯を突いてきたのだった。

「ひぁああぅ……っ！」

リーナは背を弓なりに反らして甲高い嬌声を響かせる。

そんな場所に口をつけるなんて想像もしていなかったから、一瞬で頭が真っ白になってしまう。何本もの指で奥のほうを擦られ、溢れ出る蜜を丹念に舐め取られてもただ嬌声を上げることしかできなかった。

「あっあっ、あっやっあぁ…っ、やっ、あぁぁ……っ」

けれど、内壁が一層激しく収縮した直後、リーナは慌てて身を捩った。

藻掻くようにフェネクスの肩をもう一度押すと、彼は顔を上げて濡れ光る自分の唇をぺろりと舐める。それを見た瞬間、リーナの心臓は大きく跳ね上がり、絶頂の予感に身を震わせた。

「もうだめ…、お願い、もうこれ以上は……」

「これ以上は……？　どうしてほしい？」

「私を…、あなたのものに……。フェネクスのものにして……っ」

「……やっと言えたか」

涙を流して懇願すると、フェネクスは獰猛な光を目に宿して身を起こす。

リーナの中心から指を引き抜き、そのままかぶりつくように口づけてくる。自身のシャツのボタンを外し、二番目のボタンを外したところで、彼は僅かな時間さえも惜《お》しいとばかりにもどかしげに下衣を寛がせた。

切なげに潤んだ瞳に、上気した彼の頬。

艶やかな黒髪が肩から零れ落ち、フェネクスの唇から漏れる吐息と共にリーナの肌にかかってぞくんと背筋が粟立つ。作りもののようにほとんど表情が変わらなかった彼の中に魂が宿ったみたいで、ますます感情が込み上げていった。

「っん、ふ……っん、ん……」

それから数秒もしないうちにリーナの中心には屹立した雄芯が押し当てられ、濡れそぼつ襞を熱い先端で擦り上げられる。

舌を絡める動きに合わせて互いの秘部が擦れ、それだけで快感が募っていく。

フェネクスはリーナの脚を抱えると、腹に力を込めてぐっと腰を突き出した。

一気に入り口が押し広げられて、猛りきった熱が内壁を強引に突き進んでいったが、充分すぎるほど濡らされていたから少しも痛みは感じない。それどころか、リーナは最奥を貫かれた瞬間狂おしいほどの快感に身を焦がし、くぐもった声を漏らしながら絶頂の波に攫われてしまっていた。

「ンッ、んっんんぅ――……ッ！」

「……っく」

強烈すぎる快感に涙が止まらない。

内壁が激しく痙攣し、意識が遠のきそうになる。

とうに限界を超えていた身体は挿入されただけで呆気なく達してしまい、為す術もなくびくんびくんと身を震わせていた。

だが、フェネクスはリーナの唇をべろりと舐めると、獣のように目を光らせてすぐさま抽送を開始する。リーナが達したことに気づかないのか、その動きは絶頂を迎えたばかりの身体にはあまりにも強すぎる刺激だった。

「や、あっ、待っ――…、ああっ、ひ…ぅ、あぁぁあ――…っ」

弱々しく藻掻くも、激しい動きに変化はない。

むしろ律動はどんどん速まり、リーナをさらに追い詰めようとしていた。

最奥を何度も突かれ、内壁を強く擦り上げられるうちに目の前が白んでいく。

それなのに、フェネクスが首筋に唇を押し当て、いくつもの痕をつけていくと、ちくんとする痛みでリーナの意識はすぐに引き戻されてしまう。彼は腰を前後させながら華奢な身体を抱き上げ、己の膝にのせて一層繋がりを深くした。

「っあ、あぁっ、あっあっあっ、あっあぁ……っ」

「もっと、もっとだ……。まだ…、終わりにするな」

「んっ、ああっ、フェネ…クス……」

「一度達したくらいで……、夜ははじまったばかりだろう」

「……ッ、あ…ぁ、ああっ、あぁ……ッ!」

膝裏を抱えられ、ぐちゅぐちゅと突き上げられる。

不安定な体勢となり、リーナはフェネクスの首にしがみつく。

凄絶なほどの色気に満ちたその青い瞳から目が離せない。湿った息が頬にかかって、お腹の奥が再び切なく震えるのを感じた。

「んっ、んっ、んぅ、ひ…ぁ、ああぅッ」

この夜は、いつまで続くのだろう。

あとどれだけこんなふうに愛し合えるのだろう。

リーナは涙を零して、ねだるように口づけを求める。

角度を変えて何度も唇を合わせ、最奥に感じる彼の熱に胸を焦がしながら、自らも腰を揺らして快感を高めていく。強く締め付けると、フェネクスは苦しげに眉を寄せてリーナの身体を小刻みに揺さぶってきた。

「ああっ、あ、あぁっ、フェネクス、フェネクス……っ！」

「リーナ……ッ」

迫り上がる快感に、リーナはフェネクスの首に顔を埋めて肩を震わせる。

つい先ほど達したばかりだというのに、身も心も彼でいっぱいにされて呆気ないほど簡単に限界まで追い詰められてしまう。すぐそこまで迫る絶頂の予感に、リーナは一層強く彼のものを締め付けた。

「フェネクス……ッ、あぁ、もう、もうだめ……っ、あっあっああッ！　フェネクス、フェネクス……っ！」

「……っ、今度は、私も一緒だ……っ」

「あぁ、あぁぅ、ひっ、あぁあぁっ」

「リーナ…、私の…――」

「あぁあぁ…――ッ！」

「――ッ」

二度目の絶頂に喘ぎながら、リーナは骨が軋むほどフェネクスに掻き抱かれる。

意識が遠のきそうなほどの快感の中、忙しない呼吸と低く掠れた呻き声が闇夜に密やかに響く。

ややあって、突き上げられる熱が最奥で弾け、お腹の中が彼の放ったもので満たされていった。

ほとんど同時に彼も達したことがわかり、リーナはあまりの幸せで何度目かもわからない涙を零す。フェネクスからもらったたくさんの言葉が胸中に去来して、深い場所まで染み込んでいくのを感じていた。

「……んっ……ふっ、ぁ、……あぁ……」

川のせせらぎがとても遠くに聞こえる。

世界に二人だけになったようだった。

息を弾ませながら空を見上げると、朧気な月光が自分たちを優しく照らしていた。

この五年間、彼にたくさん話しかけてきた。

たわいない日常を話すのが、とても楽しかった。

だから、これからもそうしていたい。どうか彼の隣にいさせてください。ほかには何も望まないから、どうかお願いします。

何に祈っているのかは、自分でもよくわからなかった。贅沢な願いだとわかっていたけれど、たった一つでいいから聞き届けてほしかった。

「リー……ナ……」

「……っはっ、……ん……、フェネクス……」

それから少しして、フェネクスはリーナの唇を激しく貪りはじめる。絶頂の余韻が強く残る中、リーナも息を乱して彼の口づけを受け止めた。

こんなに彼を近くに感じたことはない。

できることなら、いつまでもこうしていたい。

離れがたい想いに身を焦がして、数え切れないほど口づけを繰り返す。

そのうちに彼の熱は再び力を取り戻し、リーナを快楽の渦へと引き戻していった。

その後も自分たちは狂おしいまでに互いを求め続けたが、果てるごとに想いが増してまるで終わりがない。二人の間に言葉など必要はなく、朝日で周囲が照らされる頃までただひたすら想いを伝え合っていた。

「――……おい、あそこに人が……！」

「本当だ、二人いるぞ！」

「間違いない、あれは陛下だ…ッ！　陛下…、陛下……っ！」

それから、どれほどの時が流れたのだろう。

突然辺りが騒がしくなり、複数の足音が慌ただしく近づいてきた。

いつの間にか、ずいぶん日が高くなっている。

そのときのリーナは、岩場の上でフェネクスと寄り添いながら、シュトリが沢で水浴びをして遊んでいるのをぼんやり眺めていた。

けれど、『陛下』と呼ぶ男たちの声で、否が応でも現実に引き戻されてしまう。

声のしたほうに顔を向けると、フェネクスの従者たちや近衛隊の兵士たち、それからバルカンが駆け寄ってくるのが目に入った。

「陛下ッ、ご無事ですか……っ、陛下……！」

彼らの顔には、皆一様に疲労の色が滲んでいた。

もしかして、一晩中フェネクスを探していたのだろうか。

いなくなった国王を見つけるべく、夜通し駆け回っていたのだろう。

バルカンの目には涙が浮かんでいた。あんなに息を切らせて、たくさん心配をかけてしまったようだった。

だが、岩場の周りに皆が集まってもフェネクスは振り向こうともしない。

リーナを後ろから強く抱き締め、頑なに現実を拒んでいた。

「陛…下……？」

そんな彼に誰も近づけずにいる。

皆、戸惑いを顔に浮かべてその場に立ち尽くしていた。

「――あ…、シュトリさま」

そのとき、バサバサ…ッと羽根の音が響く。

つい先ほどまで沢で水浴びをしていたシュトリが、不意にリーナたちのいる岩場に舞い降りてきたのだ。

途端に、その場は緊張に包まれる。

シュトリは、まるで自分たちを守るように皆の前に立ちはだかっていた。

近衛隊の兵士たちは青ざめ、従者たちは緊張した面持ちで固唾を飲んで見守っている。

シュトリに襲われたばかりのバルカンなどは顔を引きつらせていた。

すると、その様子を黙って見ていたフェネクスが浅く息をつく。

シュトリに手を伸ばし、宥めるように頭を撫でるとぽつりと呟いた。

「……私は、彼女なしでは戻らない。見てのとおり…、おまえたちの王はおかしくなってしまったのだ……」

それだけ言うと、フェネクスはリーナを掻き抱く。

誰が悪いわけでもない。すべて自分のせいだと認めながらも、この手を放す気はないと彼の全身が強く拒んでいた。

皆、そんな彼の姿に目を見張っている。

ここにいる誰もが見たことのない王の姿だった。

しかし、だからこそ、伝わるものがあったのだろう。

リーナを見つめるフェネクスの眼差しは驚くほど熱っぽい。

皆、しばらくの間、二人の様子を呆けた顔で見つめ、誰一人として声をかけられる者はいなかった——。

終章

——一か月後。

アルティア王国の短い夏も終わりが近づき、そろそろ秋が訪れようとしていた。

廊下の窓から眺める空も以前より高く、朝晩は冷え込む日が増えている。

しかし、王宮に出入りする人の多さは少しも変わらない。

特に日中は人々の笑い声があちらこちらから聞こえ、相変わらず平和的な光景が広がっていた。

そして、そんな賑やかな王宮内も、国王が姿を見せるときだけは静かになる。

彼らの王は、以前と変わらず一日のうちに一度見かける程度だったが、浮き世離れした容姿とその強い存在感で多くの者を緊張させてしまうのは、もはや本人にどうこうできることではないのだろう。今も執務室から出てきたところを目にした者たちが硬い表情でその場に膝をついていたが、当の本人はそんな様子に気づくことなく、いつものように従者を引き連れて自室に戻ろうとしていた。

「――陛下、お久しぶりです」

ところが、その日は珍しく声をかけてくる者がいた。

フェネクスは足を止めて声のほうを振り向く。

一瞬、宰相のリドかと思ったが、声質がまったく違う。長い廊下の少し先には見覚えのある男が立っていた。

「……シュバルツか」

「ご無沙汰しております。失礼とは思いましたが、陛下のお姿を久しぶりにお見かけしてつい声をかけてしまいました」

「別に構わない。私に話しかけるのは決まった者ばかりだ。おまえを含めてな」

「決まった者の中に私も含めてくださるのですか？」

「それだけ珍しいということだ」

「それはそれは…、至極光栄に存じます」

シュバルツはフェネクスの前まで来ると、胸元に手を当てて膝をつく。

それは、この国において最上級の敬意を示す挨拶だ。フェネクスにとっては毎日当たり前に目にする行為だったが、こうしてわざわざ声をかけてきて挨拶する者はほとんどいない。

シュバルツは、フェネクスが王位に就く前から姿を見かければ必ず話しかけてきた。はじめは胡散臭く思えて返事もしなかったが、人間とは慣れる生きものなのだろう。今では挨拶されれば、一言くらいは返すようになっていた。

——それに、この男がリーナの父親だとわかっていたからな……。

どういう男なのか、探ろうという気持ちもあった。

先代の国王が彼に伯爵の位を与えるほど特別視していたことも、リーナとは違った意味で気になる存在ではあった。

フェネクスはふと、後ろに控えていた従者たちに目配せをした。

すると、従者たちは畏まった様子で胸に手を当て、フェネクスから離れていく。

やがて従者たちがいなくなると、廊下はシュバルツとフェネクスだけとなる。

シュバルツと会うのは一か月ぶりだ。王宮の庭で起こった騒ぎのさなか、突如現れてバルカンとリーナを連れ帰ったあのとき以来だったから、何か用があってここに来たのだろうと人払いをしたのだ。

「……そろそろ、夏も終わりですね」

「そうだな」

「一つの季節が過ぎると、どうも心が繊細になってしまいます。陛下も、そういったことはありませんか？」

目を向けた。

「さぁな。私には繊細さがないのだろう」

「ははっ、それは羨ましい。お若い証拠です」

従者たちがいなくなって少しすると、シュバルツはおもむろに立ち上がって廊下の窓に目を向けた。

だが、フェネクスはちぎれた雲が浮かぶ空を見ても、特に何も感じない。

それどころか、急に詩的なことを言い出すシュバルツの胡散臭さに、その腹の中を探ろうとしてしまう。我ながら情緒の欠片もなかったが、この男が意味もなく世間話をするとは思えなかった。

「陛下、私はこの頃、よく思うのです。人の縁とは実に不思議なものだと」

「……そうか」

「私が先代の国王陛下にお引き立ていただいたことも、今に繋がっている気がしてなりません。こうして王宮に出入りを許される身分を与えられなければ、私はあのとき陛下と内々に話をすることもできなかったのですから……」

そう言うと、シュバルツは口元を綻ばせてフェネクスに目を戻した。

この男の言う『あのとき』というのは、取引を持ちかけたときのことだろう。

娘をもらい受ける気はないか。

もしその気があるなら、組織を挙げて国の発展に協力していく。

妃にしてほしいとは言わない。なんなら愛人でも構わないと、彼は自分の娘を売るような真似をしたのだ。

――まったく面《つら》の皮の厚い男だ……。

とても公にできる内容ではないものを、よくも平然と話題にできたものだ。

フェネクスは意味ありげに微笑むシュバルツを見返し、静かに口を開いた。

「おまえは、こうなることがわかっていたのか？」

「……滅相もありません」

「ならば今の話はどういう意味だ。回りくどい言い方はよせ」

「申し訳ありません。お気持ちを害されたのであれば謝罪します。ですが陛下、私もこうなるとは本当に思っていなかったのです。王宮の庭で陛下から娘を奪い返したときは、内心ではもうこの国にいられないと暗澹《あんたん》たる思いでいっぱいでした」

シュバルツはそう答えると、眉を下げて首を横に振った。

しかし、言葉の端々に駆け引きめいたものを感じて、そのまま受け取る気にはなれない。

何も答えずにいると、シュバルツは「まいったな…」と頭を掻いて自嘲気味に息をつく。

それから数秒ほど沈黙が流れたが、少しして彼は窺うような目でフェネクスを見つめてきた。

「……陛下」

「なんだ」

「あ…、その…、娘は……、元気にやっていますか？」

先ほどまでのしたたかさはどこへ行ったのか、シュバルツは急に躊躇いがちになる。

まさか、今日はそれを確かめに来たとでも……？

フェネクスは頭の隅で思いながら、素っ気なく答えた。

「自分の目で確認すればいいだろう」

「それはさすがに……」

「なんだ。リーナを騙したことを後悔しているのか？」

「……はは……」

単刀直入に聞いてみたが、シュバルツは曖昧に笑うだけだ。

だが、その表情はやけにぎこちない。どう見ても頬が引きつっていた。

――娘のことになると、本音を隠せなくなるのか。

フェネクスは不思議な気持ちでシュバルツを眺めていたが、そこでふと窓の向こうに意識が移る。

悠々と空を翔る大型の鷹――シュトリに気づいたからだ。

ところが、シュトリは近くまで来たと思えば、すぐに離れていってしまう。

フェネクスに気づかないのか、少し離れたところを行ったり来たりしはじめた。

珍しいこともあるものだ。その視線の先を辿ろうとしたが、シュバルツの大きなため息が聞こえて目を戻す。彼は窓の傍に立って苦笑いを浮かべていた。

「私は、自分のしたことに後悔はしません。切りがありませんから……」

「そうか」

「えぇ、これまで無茶なことをずいぶんしてきましたが、そのお陰で人より多くのものを得てきたのも事実ですからね。今の地位にしたって、先代の国王陛下との取引によって得たものですし……」

「……どういうことだ？」

零すように口にした内容に、フェネクスは眉をひそめた。

そんな話ははじめて聞く。シュバルツの地位は、先代の国王が功績を認めて与えたのではなかったか。

訝しげに見られて、シュバルツは肩を竦めて笑った。

「あぁいや、今のはちょっと誤解を招く言い方でしたね。一応言っておきますが、先代の国王陛下が私の顧客だったことは一度もありません。そういう意味の取引ではなく……、その…、陛下もご存じかと思いますが、私は商人たちの総元締めなんてものをやってるんですよ。それこそこの王宮内にも大勢の顧客がいます」

「それは知っている」

「ですがね、以前は限度を超えた買い物をする者がそれなりにいて……。ずいぶん手を焼いたものです。普通の客なら容赦のない取り立ても多少はしますが、相手が貴族や王族となると話が違ってくる。さすがに下手なことはできず、話し合いで解決しようとしても、こっちが泣き寝入りする場合もあったりで……。しかし、それじゃあ商売は成り立ちません。提供された商品には対価を払う、当たり前の原則です。陛下もそうは思いませんか？」

「……そうだな」

「そうでしょう。だから俺は…、いえ私は、皆を代表して先代の国王陛下に直談判《じかだんぱん》しに行ったんです。いきなり王宮に行っても門前払いされると思ったので、外遊から戻られたところを港で待ち伏せしました」

シュバルツは懐かしそうに目を細めて頷いている。

だが、思わぬ話にフェネクスのほうは心穏やかではない。

過去の話とはいえ、貴族どころか王族までそのような愚行に走っていたことに憤りを禁じ得なかった。

「もちろん、罰せられる覚悟はありました。国王陛下を待ち伏せるなんて、不審者として斬り捨てられてもおかしくありませんから……。ですが、先代の国王陛下は驚きながらも護衛が剣を構えるのを制して私の話を聞いてくださったんです。すべて聞き終えると、『その者たちには必ず返済させる』とおっしゃって、お詫びがしたいと私を王宮へ招いてくださいました。そして…、そのときに『何か望みはないか』と問われて……。『地位がほしい』と、思わずそう答えてしまったんです。一生のうちにあるかどうかの機会に魔が差したとでも申しましょうか……。返済はいらないから、自分を貴族にしてほしい。そうしたら、この国のためにさらなる貢献を約束すると……」

「……どこかで聞いたような取引だな」

「ええ、そのとおりです。陛下、私はこういう男なのですよ。私はそうやって今の地位を手に入れ、以前から気に入っていた貴族の娘も金を積んで妻として娶りました。誰もが羨むほどの成功はこうして築いたのです」

「なるほど」

転んでもただでは起きないとはよく言ったものだ。

直談判からそこまで話を持っていけるというのも、ある種の才能なのかもしれない。

とはいえ、なんの実績もない男が『国のためにさらなる貢献を約束する』と言ったところで取引の材料にはならないだろう。少なくとも、シュバルツには父が認めるほどの功績があったというのが前提になければ成り立たない話ではあった。

「あの頃の周囲の羨望は、言葉では表せないほど心地のいいものでした。商人風情が貴族の娘を…、この世の宝のような美しい娘を手に入れたんです。彼女が私の子を腹に宿すまでそう時間はかかりませんでした。やがて、彼女は珠《たま》のような娘を産み……、それから一年もせずに亡くなりました。彼女のことは大事にしていたつもりでしたが、慣れない生活で気苦労が絶えなかったのかもしれません。仕事柄、私は家を空けることが多く、倒れたという話は出先で聞いたんです。急いで屋敷に戻りましたが、結局死に目にも会えずで……」

「……」

「……と、話が脱線しすぎましたね。今のは忘れてください」

フェネクスは情けなく笑うシュバルツを無言で見つめた。

さすがにこんな話を聞いて、易々と相槌は打てない。

そう思って黙っていただけだったが、シュバルツはばつが悪そうに頭を掻き、窓のほうに目を向ける。そこで近くを飛ぶシュトリに気づいたのか、彼は小さく笑ってすぐに目を戻した。

「あれは、陛下の鷹ですよね」

「……あぁ」

「あの鷹は、本当にとんでもない値打ちものです。建国時に国王が従えていた鷹の末裔とのことですが、私にとってはそれ以上に価値がありました」

「私の手紙をリーナに届けていたからか？」

「ははっ、よくおわかりで！　娘の文通相手を知るきっかけにもなりましたしね。陛下、そうなんですよ。私はずっとあなたを狙っていたんです。私の娘は自分が知る中で一番の値打ちものなんでね。どうせなら、誰よりも高く買ってくれる相手に売ってやろうと思っていたんです」

「……それで私に取引を持ちかけたと？　私は金を出した覚えはないが」

「えぇ、わかっています。それほどの気持ちで陛下に話を持ちかけたということです。愛人だろうと王家と繋がりを持てるかもしれない。陛下に気に入ってもらえれば、その可能性はある。私はそんな夢を描いて、何も知らない娘を晩餐会に招待されたからと王宮へと連れ出したんです。事前に陛下の従者たちに頼み込んで、娘が一人になるように芝居を打ってもらいました。……あ、とはいっても、彼らは陛下を騙そうとしたわけじゃないんです。娘を驚かせたいから話を合わせてほしいと、私が無理を言っただけで……」

「その話は本人たちから聞いている。別にそんなことで彼らを処分するつもりはない」

「……なら…、よかった……。その…、巻き込んだようで気がかりだったんです。私はあのとき、娘にこっそり媚薬を渡したもので……」

「は…？」

「痛い想いをさせるのはかわいそうでしょう。娘を思う親心ですよ。おそらく、娘はあれを口にしたはずです。私がそう仕向けたんですから間違いありません。あれはなかなか評判の品なんですよ」

シュバルツは悪びれもせずにあっけらかんと答える。

――なんて男だ。娘に媚薬を渡すなど……。

これにはさすがにフェネクスも呆気に取られて言葉を失ってしまう。

だが、そう言われてみると、思い当たる節がないでもなかった。

はじめてリーナを抱いた夜、彼女は処女とは思えないほど蜜を零し、幾度となく絶頂に達していたのだ。拒絶というほどの拒絶をされなかったこともあって、フェネクスは朝まで行為を続けてしまったが、ずいぶん敏感な身体だと思っていたのは確かだった。

だからといって、誰がそれを媚薬のせいだと気づけるのか。

そもそも、シュバルツからは『娘は同意している』と聞いていたのだ。

そのときにスチュワードの顔が一瞬頭にちらついたが、彼女は自分を選んだのだろうと納得してそれ以上は考えようとしなかった。

相手がリーナとあって冷静さを欠いてしまったのだろう。

あのときのフェネクスは、彼女を自分のものにすることで頭がいっぱいだった。

「この私が、まんまと嵌められたというわけか……」

「……申し訳ありません」

「シュバルツ、おまえは自分が何をしたのかわかっているのか？　おまえはリーナの父親だろう。私が言えたことではないが、自分がどれほど卑劣な行為をしたのか理解できていないわけではあるまい」

「はい…、わかっております」

「ならば、今はどんな気持ちだ」

「今、ですか……？」

フェネクスは憤りをそのまま口にしていた。

自分が嵌められたことなど、この際どうでもよかった。

こんな話を平然と言える神経に半ば呆れた気持ちでいると、シュバルツは思わぬ答えを返してきた。

「……今は、自分には過ぎた夢だったと納得しているところです」

「どういう意味だ？」

「私は自分の欲のために、娘だけでなく陛下まで騙したのです。この罪は一生背負わねばなりません。娘は…、私の顔など二度と見たくないと思っているでしょうね。親であることすら忘れたいと思っているかもしれません。……ですが、それも仕方のないことです。私も、リーナには二度と会うつもりはありません」

「……おまえは、それでいいのか？」

「ええ、お互いのためにもそれがいいかと……」

シュバルツは眉を下げて頷く。

その真剣な眼差しからは、彼が本気でそう思っているのが見て取れる。

だが、驚くほどの潔さに、フェネクスは意表を突かれていた。

わざわざすべてを白状しに来たとしか思えない行動を、どう捉えるべきかわからなかった。

――シュバルツは、罰を受けるために王宮に来たのか？

逃げようと思えばできただろうに、わざわざそのためだけに……？

裏があるのではと勘ぐりたくなったが、それでは説明がつかないことが多すぎる。

今ここでシュバルツが白状した内容は、彼にとって不利になるようなことばかりだったからだ。

考えてみれば、バルカンがリーナを連れ出そうとしたときもそうだった。

　あのとき、シュバルツはなぜ王宮にやってきたのだろう。たとえバルカンが捕らえられたとしても見て見ぬふりをすることもできたはずだが、彼はそうはしなかった。あの場でリーナが自分の娘だと公言しても疑念を抱かれるだけだというのに、肌に散る赤い痕に気づき、彼女が直接詮索《せんさく》されることのないよう強引に連れ帰ってしまった。

　シュバルツは、最後の最後で非情に徹することができなかったのだろう。

　周りを巻き込んでいる自覚はあったはずだ。

　だからこそ、彼は何かあったときにははじめから責任を取るつもりでいたのかもしれなかった。

「言っておくが、私はおまえを罰するつもりはないぞ」

「え……？」

「おまえとの取引に応じた時点で、私にはその資格がない。国王の座から転落してもおかしくないことをしたのだからな」

「……陛…下…、しかし……」

「だが、私は後悔していない。これでいいと開き直っている。だから、おまえのことを咎める気もなければ、ほかの者を使って捕らえるつもりもない。……これまでどおり好きにすればいい。リーナに会いたいならそうすればいい。生きていればこそできることもあるだろう。私にはもう両親がいないが、もっと話をしておけばよかったと今さらながら思うときがある。無論、おまえが一生娘に不信感を持たれたままでいいと言うなら、これ以上何も話すことはないが……」

「……ッ」

フェネクスがそこまで言うと、シュバルツはぐっと唇を引き結ぶ。

――なんだ…？

フェネクスは眉をひそめて、その様子をじっと見つめた。

すると、シュバルツは唇を震わせ、途端に表情がぐしゃっと崩れる。

彼は目に涙を浮かべると、自分の顔を隠すように俯いてしまった。

「……くそ……。ここにきてこんな……っ」

少しして、シュバルツは絞り出すように呟く。

悔しげに顔をしかめるとガシガシと頭を掻いて、大きく息を吐いている。

それから数秒ほど黙り込んでしまったが、ややあってシュバルツは意を決した様子で顔を上げた。

「陛下、寛大なお心をいただきありがとうございます。まさか、そのようなお言葉をいただけるとは夢にも思わず……。しかも、娘との関係までご心配いただき、身に余る光栄です」

「……そうか」

「ですが…、今日のところは、このまま帰ることにします」

「なぜだ？」

「……さすがに合わせる顔ってもんがね…、ないんですよ。それに、罰せられないってんなら私も安心して仕事に戻れますし、ありがたいことこの上ありません。……そうそう、大きな取引があるんですよ。しばらく家を…、国を離れようかと思っています。一年、二年かかるかもしれません。前々から打診があったんですがね……、これでやっと決断できました」

「国を離れる…だと？」

「ええ、そのつもりです」

フェネクスが眉をひそめると、シュバルツは泣き笑いのような顔で頷いた。

唐突な話に虚を衝かれたが、『前々から』という一言がやけに引っかかる。

微かな疑問がフェネクスの頭を過ったとき、シュバルツは大仰に息をついてぐっと拳を握った。

「あぁ、よかった。もう迷わずにいられます。さすがの私でも、娘を放っては行けませんからね……。私がいない間に、猛獣どもが涎《よだれ》を垂らして娘に近づくのはわかりきっていました。何かあっても、遠くにいてはすぐに駆けつけられません。守ってやれないんじゃ、なんの意味もないんです」

「シュバルツ、おまえ……」

フェネクスは息を呑み、食い入るようにシュバルツを見つめた。

強く握った彼の拳はぶるぶると震えている。必死で感情を抑えているのが、見ているだけで伝わってくる。

「……どのみち、いつかは娘を手放さなければならない。いつまでも、あんな山奥に閉じ込めてはおけないとわかっていました。だから私は賭けをすることにしたんです。五年も文通をしてきた相手なら、あの子を任せても大丈夫じゃないかと……。いつだったか、リーナも言っていたんです。『いつも近くに感じられる人がいい』と……。それが理想の相手だと教えてくれたことがあったんです。いつも近くにいてくれる人ではなく、あの子は近くに感じられる人だと答えたんですよ……。私はそのときに陛下のことが頭に浮かびました。本人は気づいていないようでしたが、文通相手のことを言っているように思えたんです。考えてみれば、それが行動に移すきっかけだったかもしれません」

「……っ」

シュバルツは笑い損ねた顔でこちらを見つめていた。

その表情には、もはや取り繕ったものは何もなかった。

後悔などしていない。すべて覚悟の上だった。彼が本気でそう思っているのは、真剣な瞳を見ればわかることだった。

——そういうことだったのか……。

ようやくすべてが繋がった気がした。

なぜ娘を売るような真似をしたのか、少しは理解できた気がする。

己の欲のためというのは、シュバルツにとって動機の一部でしかなかったのだ。

彼は彼なりに娘を想っていた。だから文通相手の自分に託そうとした。その根底には、彼が留守の間に一人で亡くなった妻のことを後悔する気持ちがあったのかもしれない。同じ過ちを繰り返すのを恐れ、自分なりのやり方で娘を守ろうとしただけなのだろう。

本人には届きそうもない不器用さだが、彼はリーナを『一番の値打ちもの』だと言っていたのだ。あれは商人としてではなく、父親としての言葉だったのだと思えてならなかった。

「……私はずいぶん期待されているのだな」

「恐れ多いことです」

「ならば、精進するとしよう。私も、おまえには期待しているのだ」

「え…？」

「二年も国を離れるほどの取引だ。どれほど国のために貢献してくれるのか……。おまえは私との約束を反故《ほご》にしたりはしないだろう？」

「……は、はは……っ」

フェネクスの言葉に、シュバルツは顔をくしゃくしゃにして破顔《はがん》した。

ややあって、彼は目の端に滲んだ涙をそのままに床に片膝をつく。

しばしの間、深く頭を垂れて微動だにしなかったが、やがて大きく息をついて自分の胸元に手を当てる。ゆっくりとフェネクスを見上げ、シュバルツは自信ありげに頷いてみせた。

「必ずや、ご期待に応えてみせましょう」

そう言って笑った彼は、もういつもどおりだ。

フェネクスが頷くと、シュバルツはもう一度深く頭を垂れてから立ち上がる。あとは何も言うことなく背を向け、颯爽《さっそう》と去っていった。

――変わった男だ……。

父はあの男を気に入っていたというが、少しだけわかる気がした。

口は悪く、馴れ馴れしいのに嫌な気分にならない。狡猾《こうかつ》なようで情に脆《もろ》く、なんとも不思議な男だった。

フェネクスはシュバルツの後ろ姿を目で追い、しばしその場に留まっていた。

姿が見えなくなり、辺りが静まり返ってもぼんやりと佇んでいたが、窓の外から鳥の羽ばたきが聞こえてきて現実に戻った。

見れば、シュトリは先ほどと同じように、ここから少し離れた場所を行ったり来たりしている。フェネクスは自然と口元が緩むのを感じながら、シュバルツが去った方角とは反対側の廊下に目を向けた。

「リーナ、そこにいるんだろう？」

辺りには誰の姿もない。

声をかけても、誰からの返事も返ってこなかった。

「……隠れても無駄だ」

しかし、フェネクスにはわかっていた。

彼女は『そこ』にいる。

シュトリがそう教えてくれていた。

フェネクスは少し先の柱の傍までゆっくり進んでいく。

その柱の陰で息をひそめていたリーナを見つけると、彼女の顔をそっと覗き込む。気配に気づかなかったのか、彼女は間近で目が合った途端、肩をびくつかせて激しい動揺を顔に浮かべていた。

「リーナ、ずっとここに隠れていたのか？」

「ち…、ちが…っ、私はここから外を眺めていただけで……。フェネクスが戻って来たから、声をかけようとしたのだけど……」

「シュバルツが来たから声をかけられなかったか？」

「だって……っ」

リーナは言いながら、涙をぽろっと零す。

慌てて手で拭うも、次から次へと頬に大粒の涙が零れ落ちていく。

おそらく、シュバルツとの会話は彼女に筒抜けだったのだろう。

さまざまな感情で心が揺れているのが伝わり、フェネクスはリーナの肩をそっと抱き寄せる。胸に閉じ込めると、彼女は我に返った様子で小さな抵抗を見せた。

「あ…、だ、だめ……。人に見られてしまうわ……」

「この辺りには誰もいない」

「でも……」

「何が問題だ？　見られたところで、誰も咎めはしない。おまえは私の花嫁になる身なのだからな」

「……ッ」

耳元で囁くと、リーナは顔を紅潮させて黙り込んでしまう。

一瞬のうちに耳まで赤くなり、自分の一言で彼女がこんなふうになってしまうことに、フェネクスは胸の奥がくすぐられる想いがした。

「……ぁ……」

頬に零れる涙を唇で拭ってやると、リーナはか細い声を上げる。

恥ずかしそうに目を伏せる姿に欲望が頭をもたげかけたが、いくらなんでもこれ以上の行為を廊下などで実行できるはずもない。

──焦らずとも、リーナはもう逃げたりはしない……。

フェネクスは軽く息をついて、代わりに彼女の美しい銀髪に口づけた。

リーナは、一か月前からここの住人だ。

彼女と出会った森で一晩を明かした翌日にはそうなっていた。

以前、彼女を閉じ込めていた部屋には、あれから一度も戻っていない。

今はフェネクスの自室を二人の部屋として使用しているが、それをとやかく言う者もいなかった。

宰相のリドなどはとうに諦め顔だ。

王族専用の通路から続く王宮の最奥にフェネクスが密かに彼女を連れ込み、そこでずっと子作りに励んでいたのというのだから、その驚きたるや如何《いか》ほどだっただろう。そのうえ、『ほかの女を娶っても触れる気はない』と突っぱねられたときは、三日ほど寝込んだようだった。

フェネクスとしては王位を失う覚悟もしていたのだ。

本来ならサイに白羽の矢が立ってもおかしくなかったのだろうが、国の宝とも言うべき由緒ある血統の鷹を殺害した疑いのある者を王に据えるなど以ての外だ。リドもその件で幾度となくサイを詰問していたが、疑いが晴れるどころか、話が二転三転して不信を煽るだけとなった。

サイは現在、離れ小島で表向きには『無期限の静養中』ということになっている。

普段からフェネクスの目の届かないところでは周りにずいぶん横暴な態度をとっていたらしく、誰一人異論を述べる者がいなかったことが、人望のなさを露呈《ろてい》する恰好にもなっていた。

結局、フェネクスが国王でいることは変わりなく、気づけばこれまでの結婚の話も立ち消えとなっていた。

今、リドを含めた重臣たちは、リーナとの仲をどう国民に伝えるべきかで頭を悩ませているようだ。五年もの間純愛を貫いたことを広めて祝福ムードを作ろうと画策しているとのことだが、フェネクスのほうは一切口を挟むつもりもない。周りがどのように盛り立てようとも、国王としてすべきことは何も変わらなかった。

リーナはこの手中にいる。

自らの意志でこの腕の中にいてくれる。

ただそれだけで、フェネクスには充分すぎるほどだった。

「リーナ、シュバルツを憎んでいるか？」

「……っ」

「もう二度と会いたくないか？」

続けて問うと、リーナは口元を押さえて肩を震わせる。

彼女はあれから一度も自分の屋敷には戻っていない。

フェネクスが攫うように王宮に連れ戻してしまったから、リーナはシュバルツと別れの挨拶さえしていなかった。

「リーナ？」

「……ッ、わ、私……」

顔を覗き込んだ途端、堪えきれなくなったのか、彼女は再び涙をぽろぽろと零す。

先ほどのシュバルツとの会話に心を乱されながらも、彼女は躊躇いがちに首を横に振った。

「ならば、今度シュバルツが来たら会ってみるか？　一年後か二年後か……、あの男はまたふらりとここにやってくるだろう。そのときは、私たちの間にもう一人増えているかもしれないが」

「……え……？」

フェネクスの言葉に、リーナは目を丸くする。

ぽかんとした顔で見つめられ、フェネクスは小さく首を傾げた。

何か変なことを言っただろうか。不思議に思っていると、彼女は堰《せき》を切ったように泣き出してしまう。フェネクスの胸に顔を押しつけ、何度も頷いていた。

――先のことを考えるのも、なかなか楽しいものだ……。

ふと、窓の外を見ると建物の周りを飛ぶシュトリと目が合った。

フェネクスはすぐ傍の窓を開け、腕を差し出してやる。その直後、シュトリは待ち構えた様子でフェネクスの腕へと止まった。

「シュトリ？　いつの間に……」

「気づかなかったのか？　先ほどからこの近くを飛んでいたんだが」

「そ…、そうだったの？　ごめんね、シュトリ。気づいてあげられなくて……」

彼女はきっと、フェネクスとシュバルツの話に集中しすぎて周りが見えていなかったのだろう。

リーナは驚いた様子でシュトリに手を伸ばし、ふかふかのお腹をそっと撫でている。

フェネクスも首の辺りをくすぐってやると、シュトリはうっとりと目を瞑って甘えた声でピィと鳴いた。

なんだか、やけに胸の奥が温かい。

じわじわと熱が伝わっていくのがわかる。

——これが愛か……？

フェネクスの口元は自然と緩んでいく。

これが愛でなければなんだというのだろう。

目の前にあるものは、絶対に放してはいけないものだった。

ふと、リーナに視線を戻すと、彼女は息を呑んで目を見張っていた。

どうやら、自分は気づかぬうちに笑っていたらしい。

そんな自分に驚いていると、彼女は花が綻ぶような笑みを浮かべた。

それが今まで見たどんな表情より嬉しそうだったから、それだけで自分の心の奥まで満たされていくようだった——。

あとがき

　最後まで御覧いただき、ありがとうございました。作者の桜井《さくらい》さくやと申します。『王様の鳥籠』、いかがでしたでしょうか。なかなかダークなお話なので好みは別れそうですが、一人でも多くの方がお楽しみいただけたなら嬉しいです。

　今回は精神性が常人のそれとはかけ離れたヒーローだったこともあり、フェネクスが登場するシーンはいつも頭を悩ませながら書いていました。こういう場合、この人だったらどう反応するのか、なんと返すのか、ひたすら葛藤しているうちに蕁麻疹《じんましん》が出てしまったほどで……。その分だけ自分の中に強く残った作品にもなりました。

　リーナはあのような中でもフェネクスを信じようとしていたわけで、本当に健気な女性でした。父親があんな感じなのである意味振り回されるのに慣れている部分はあったのでしょうが、彼女以外フェネクスを国王としてではなく、一人の人間として接することのできる人はいないので、これからも悩みながらでも彼の傍にいてあげてほしいと思っています。

イラストにつきまして、今回は鈴ノ助《すずのすけ》先生に担当していただきました。ストーリー性のあるカバーイラスト、はじめて拝見したときは感嘆のため息しか出ませんでした。ストーリー中のイラストもどれも動きや表情が生き生きとしていて、こんなふうに丁寧に彩っていただけたことが嬉しくてなりません。この場をお借りして心より感謝を申し上げます。ありがとうございました。

最後になりますが、この本を手にしてくださった方をはじめとして、本作に関わっていただいたすべての方々にも御礼を申し上げて締めくくりとさせていただきます。

ここまでおつきあいいただき、本当にありがとうございました。

皆さまとまたどこかでお会いできれば幸いです。

桜井さくや

この本を読んでのご意見・ご感想をお待ちしております。

◆ あて先 ◆

〒101-0051
東京都千代田区神田神保町2-4-7 久月神田ビル
㈱イースト・プレス　ソーニャ文庫編集部
桜井さくや先生／鈴ノ助先生

王様《おうさま》の鳥籠《とりかご》

2021年4月3日　第1刷発行

著　　者　桜井《さくらい》さくや
イラスト　鈴《すず》ノ助《すけ》
装　　丁　imagejack.inc
D T P　松井和彌
編集・発行人　安本千恵子
発 行 所　株式会社イースト・プレス
〒101－0051
東京都千代田区神田神保町2－4－7 久月神田ビル
TEL 03－5213－4700　FAX 03－5213－4701
印 刷 所　中央精版印刷株式会社

ISBN 978-4-7816-9695-9
定価はカバーに表示してあります。

Sonya ソーニャ文庫の本

『年下暴君の傲慢な溺愛』 桜井さくや

イラスト Ciel

Sonya ソーニャ文庫の本

おまえを奪い返しにきた。

母の再婚にともない隣国へわたったアシュリーは、たった一人、塔に軟禁されてしまう。そんな彼女の心の拠り所は、意地悪で優しい従兄のジェイドと過ごした故国での日々。だがある日、城に突然火の手があがる。その後アシュリーは、血に塗れた剣を握るジェイドの姿を目にし――。

『軍神《ぐんしん》の涙』　桜井さくや

イラスト　蜂不二子

Sonya ソーニャ文庫の本

執事の狂愛
桜井さくや
Illustration 蜂不二子
私はあなたの一部になりたい。
幼い頃から、執事のキースに思いを寄せていた貴族令嬢マチルダ。家のため、父の決めた婚約者との結婚を受け入れようとしていたところ、その婚約者から理不尽な暴力をふるわれる。助けに入ったキースは駆け落ちを決意。互いの気持ちを伝えあい、深く結ばれる二人だが——。
Sonya

『執事の狂愛』　桜井さくや

イラスト　蜂不二子

Sonya ソーニャ文庫の本

ゆりかごの秘めごと
桜井さくや
Illustration KRN
この腕の中で啼いていろ。
家が破産し、親に売られた伯爵令嬢のリリーは、彼女を買った若き実業家レオンハルトに愛人になるよう命じられ、純潔を奪われてしまう。しかし、昼夜を分かたず繰り返される交合は、従順な人形として育てられたリリーに変化をもたらしていき——。
Sonya

『ゆりかごの秘めごと』 桜井さくや

イラスト KRN